異世界で
アイテムコレクター
2
時野洋輔
イラスト　冬馬来彩
コーマ&エリエール

コーマ
クリス
クルト
コメット

ルシル
4-2
るしるちゃん
タラ

フリード
ランダ
メアリ
マユ

異世界でアイテムコレクター 2

時野洋輔
イラスト　冬馬来彩

新紀元社

CONTENTS

これまでのあらすじ

突然現れた大魔王の娘ルシルによって、異世界に召喚された高校生のコーマ（光磨）。どうやら世界に散らばる七十二の財宝を集めるため、コレクター気質のコーマが選ばれたらしい。だが、コーマは水と間違えて大魔王の魂を呑み込み、ルシルよりも強大なパワーとアイテム創造能力を身に付けてしまう！　このまま異世界で七十二財宝を集めつつ、あらゆるアイテムの収集をすることにしたコーマは、ひとまず人間が住む町ラビスシティーへ。そこで勇者試験を受ける少女クリスの従者を務めながら、アイテム販売店の経営もスタート。クリスの勇者試験は順調に進むが、コーマは凄惨な通り魔事件に巻き込まれてしまう――。

登場人物

ルシル（ルチミナ・シフィル）

魔王ルシファーの娘。七十二財宝を集めるためコーマを召喚。コーマが呑み込んだ魔王の力を封じたことで、子供の姿に。

◀ルシルの本来の姿。

コーマ（火神光磨）

コレクター気質の高２男子。異世界に召喚され、アイテム創造能力〈アイテムクリエイト〉を身に付けた。

グー

コボルト。のちにある人間の魂と融合。

クリス（クリスティーナ）

勇者。残念美少女で冒険者オタクだが、勇者としては一流。

タラ

コボルト。のちにある人間の魂と融合することに。

それぞれ人間の魂と融合して別の姿に……

メイベル・ヴリーヴァ

エルフ。コーマが経営する雑貨店「フリーマーケット」の雇われ店長。

ルル

いつもユーリと一緒にいる無表情の女の子。

ユーリ

勇者にして冒険者ギルドのギルドマスター。

コメット

奴隷の少女。「フリーマーケット」の元店員。

プロローグ

冒険者ギルドの本部がある町、ラビスシティー。そこには世界で唯一、迷宮と呼ばれる魔物の巣窟が存在する。町の地下に広がる迷宮、その一階層から九階層は弱い魔物しか出ないが、それでも冒険者にとっては人気の狩場だ。ある程度戦える者なら、そこでかなりのお金を稼ぐことができる。

そして、その迷宮の十階層より下には、勇者とその従者しか立ち入ることが許されない……ことに表向きはなっている。なぜなら、十階層で枝分かれした多種多様な迷宮は、多くの人が亡くなった、とても危険な場所だからだ。

その枝分かれした迷宮のひとつに、俺が勝手にルシル迷宮と呼んでいる迷宮がある。隠し部屋の宝箱の下の隠し梯子から入ることができる迷宮。十一階層にいきなりミノタウロスが出現するが、それより下にはほとんど魔物が出現しない。最下層手前にゴブリンの集落があるが、それだけだ。

そんな意味不明な迷宮の最下層に存在するのは、魔王城——という名の小屋。

その中では、ひとりの美少女が——床に敷き詰められた畳の上に横たわっていた。

睡眠を取る必要のない彼女は、意味もなく畳の上をゴロゴロしている。

三往復くらいゴロゴロしたあと、俺と彼女の目が合った。

「あ、お帰り、コーマ」

別に恥ずかしがるでもなく、彼女は俺に手を伸ばしてきた。起こしてくれという合図らしい。俺は靴を脱いで畳の上に上がると、その手を掴み、無言で引っ張った。

そして、俺はアイテムバッグから多くの材料を取り出して、部屋の隅に追いやられた卓袱台《ちゃぶだい》に並べた。まずは蒸留水が入った瓶と、薬草だ。

「アイテムクリエイト！」

と、俺のみが使える呪文を唱えると、瓶の中から水が消え、薬草も消え去り、俺の前に栄養ドリンクサイズの透明の薬瓶に入った赤色の液体が現れた。

ポーション【薬品】　レア：★★
一般的な回復薬。飲むことでＨＰが回復する。
ただし、味の保証はない。というか不味い。

でき上がったポーションを、この前作った薬棚の上に置き、俺は一冊の本を取り出した。

「コーマ、なんでいまさらポーションなんて作ってるの？　それと、その本はなに？」

「この本は薬図鑑だよ。といっても、アイテム図鑑のような魔道具じゃなくて、本当にただの本だがな」

この世界では本は貴重品の部類に入る。製紙技術はそれなりに発達しているようだが、活版印刷が発明されていないからだ。イラストすらない薬図鑑一冊でも銀貨三枚（日本円にして約三万円）の値がした。しかも古本で。

それでも、俺はどうしてもこの本を手に入れたかった。なぜなら、俺はコレクターだ。コレクターはなにかを集めるのが生きがいだ。俺はそのコレクター気質を見込まれ、ルシルによって召喚され、世界中に散らばっている（かもしれない）七十二財宝を集めることになったわけだ。だがしかし、七十二財宝の多くはその影はおろか、手がかりらしい手がかりがほとんどない。俺が雇っているエルフの少女メイベルには、珍しいアイテムがあれば積極的に仕入れるように言ってあり、実際たまに珍しいアイテムを入手してくれたりもするのだが、当然、七十二財宝の仕入れはできていない。

そのため、俺は目標を小さく持つことにした。短期目標というやつだ。まずはこの本に書かれている薬を全種類作る。薬コレクターになる。

「コーマ、その本を見せてもらっていい？」

「いいぞ。面白いもんじゃないけどな」

ルシルが本を手に取っている間に、俺はアイテムバッグからさまざまな薬瓶や草などを取り出して「アイテムクリエイト」と呪文を唱えていく。

解毒ポーションなどの状態異常を治す薬から、風邪薬、解熱剤といった日本でもよくある薬、消毒液なども。

> **解呪《かいじゅ》ポーション【薬品】　レア：★★★**
> **呪いを解くことのできるポーション。**
> **ただし、強い呪いは解くことができない。**

解呪ポーションか。その説明を見て、俺は自分の胸に手を当てた。

俺の体には、ルシルの父、大魔王ルシファーの力が封印されている。七十二財宝のひとつであるアイテム、

魂の杯【魔道具】　レア：七十二財宝
魂の杯と契約を結ぶと、契約者の死後、その力を封印する。
水を入れて飲むことで、その力を吸収することができる。

を使ってルシファーの力を呑み込んでしまったのだ。その力を暴走させてしまい、俺は自分の魂を失いかけた。ルシルが自分の力を使って封印してくれなかったら、俺はこうして生きていなかっただろう。そして、ルシルは俺の力を封印するためにその多くの力を使ってしまい、いまも子供の姿であり続けている。

「へぇ、いろいろな薬があるのね。エラ呼吸ポーション、水の中でも呼吸ができる薬だって。コーマ、こういうのも作れるの？」

「ん……あぁ、魚のエラが必要らしいな。前にあら汁を作るときに使っちまったから、手に入れてこないといけないけどな……アイテムクリエイトっと」

手の中に新たなアイテムが生まれた。

魔物強化薬【薬品】　レア：★★★★
弱い魔物を強くするための薬。
弱ければ弱いほど強くなる。

お、面白い薬ができたな。とりあえず三本ほど作って、ゴブリンに一本飲ませてみるか。

俺がそう思ったとき、ルシルの表情が変わった。

「…………っ⁉」

なにかの気配を感じ取ったのか、ルシルが急に立ち上がる。

「どうした？」

「コーマ、いま、魔物が生まれたわ」

「え？　妊娠していたゴブリンかミノタウロスがいたのか？　ゴブリンとミノタウロスのハーフってことはないよな」

「そうじゃないの。私たちの迷宮に瘴気がたまって、魔物が生み出されたのよ！　お父様が死んでから、この迷宮に魔物が生まれることなんてなかったのに！　これもコーマが魔王として活動したお陰ね」

ルシルがにっこりと笑顔を浮かべた。

その無邪気な笑顔に——魔王の娘に対して無邪気というのは失礼な気もするが、ともかくその笑顔に俺は一瞬見惚れてしまった。

(くそっ、俺はロリじゃない、ロリじゃないぞ)

自分に言い聞かせ、魔物強化薬のうち一本を棚に置き、二本をアイテムバッグに入れて、魔物を見にいこうとするルシルを追って魔王城を出た。

「コーマ様、お出かけですか?」

「主、お供が必要ならおっしゃってください」

畑仕事をしていたふたりが俺に声をかけてきた。

コメットちゃんとタラだ。

「出かけるが、この迷宮の中の移動だけだから、すぐに戻るよ。それより、ある程度仕事が終わったら休憩にしてくれ。料理は魔王城の中の料理用アイテムバッグから、好きなのを出して食べたらいいから」

魔王城の中にはアイテムバッグをいくつか置いている。そこに料理や嗜好品、着替えなどを入れて、冷蔵庫やタンス代わりに使っている。

「ありがとうございます、コーマ様」

そう頭を下げたのはコメットちゃん。茶色い三つ編みの女の子。普通の女の子と違うのは、犬耳で猫髭が生えていることだろう。

「ご武運をお祈り申し上げる」

そう頭を下げたのはタラ。紫色の髪と褐色の肌、そしてなにより頭に被った獣のシャレコウベが特徴の男の子。

ふたりはもともと、グーとタラという二匹のコボルトだったが、とある理由により命を失ったコメットちゃんとゴーリキというふたりの人間の魂がそれぞれのコボルトに融合し、いまの姿になった。

グーのことをコメットちゃんと呼んでいるのは、本人がそれを望んでいるからだ。もともと「ぐーたら」という理由で付けられた名前だったため、グー本人もその名前はあまり気に入っていなかったらしい。タラは細かいことは全然気にしていなかったので、そのままの名前を使っている。

ふたりは俺のことを心から敬ってくれていて、俺はふたりの気持ちに応えたいと思っている。

「コーマ、早く行きましょ」

「あぁ、待ってくれ！」

俺はふたりに手を振って、先に進んだルシルを追いかけた。

百九十九階層ではゴブリンが村を開拓していた。といっても、彼らはいま、家を造ることよりも畑を作ることを優先している。雨の降らない迷宮の中では、家よりも食料のほうが大切だからだろう。

ちなみに、ここには最初、井戸もなかったのだが、湧き水発生装置を置いて、飲み水及び農業用水として使っている。

畑作業をしていたゴブリンたちは俺たちを見つけると、地に膝を突いて頭を下げて、なにか言ってきた。

なにを言っているのかは、まったくわからない。

「ありがとうって言ってるわ。ゴブリンって最弱種だから、ほかの魔物がいないこの迷宮は、過ごしやすいんでしょうね」

「……まぁ、俺がしたことといえば、井戸を作ったことと、数カ月分の食料をあげたことだけなんだけどな」

俺は片手を上げて彼らの礼に応え、百九十八階層への階段を目指す。

「ルシル、その魔物は何階層に生まれたんだ？」

「ひとつ上の階層よ。すぐに着くわ」

このあたりは俺も昔、アイテムの素材を集めるために歩いたものだが、本当になにもない場所だ。生えているのは数種類の草。いちおう薬草も生えているが、数はそれほど多くない（俺が根こそぎ採取したせいだが）。

ここを開墾するのは一苦労だろうな。

今度、ゴブリンたちになにか差し入れを持っていってやろうとは思うが、それよりも、百九十八階層に現れた魔物の食事は、どのように用意すればいいのだろうか？

肉食だったらどうするべきか。食事専用の牧場でも用意しないといけないのか？

ルシルが言うには、自然発生した魔物は、俺に忠実な僕《しもべ》となるらしいが。

「なぁ、お前の親父さん、ルシファーが魔王のときはどんな魔物が発生していたんだ？」

「そうねぇ、お父様がいたときはドラゴンが多かったわ。口から吹雪を吐き出すドラゴンと炎を吐き出すドラゴンが、いつも喧嘩していたのは覚えているけど」

「なに、その怪獣大戦争……」

そんな化け物、本当に俺の言うことを聞いてくれるのか？

い、いや、俺の命令には絶対服従だって言ってたじゃないか。だとするのなら、きっと。

と思いながらも、アイテムバッグから、竜殺しの剣グラムを出しておく。

さて、鬼が出るか蛇が出るか。

階段を上っていくが、敵の気配は感じない。

なにもない空間が広がっているだけだった。

「コーマ、いたわよ」

ルシルが言った。だが、魔物の姿は俺には見えない。まさか、透明な魔物でもいるのだろうか？

だとしたら、どうコミュニケーションを取ったらいいんだ？　相手のボディーランゲージも見えないのなら対処のしようが……。

「コーマ、どこ見ているの？　下よ、下」

「え？　下？」

俺は視線をゆっくりと下に落とす。青いなにかが見えた。目のピントを合わせると、そこにいたのは青い半透明のゼリー状の物質。バレーボールくらいの大きさの、ぷにぷにした魔物だった。

「……これは、スライムか？」

「さすがにコーマでも知っているようね。その通り、スライムよ」

んー、スライムか。なんか微妙だな。ゴブリンよりも弱い魔物じゃないだろうか？

でも、なぜかルシルは少し嬉しそうにしている。

「もしかして、スライムって強いのか？」

「まさか。全魔物のうちで最弱っていわれているわ。でもね、スライムってシロップを飲ませて凍らせると、とても美味しいのよ」

ルシルがそう言うと、スライムは俺の足の後ろに隠れた。どうやら捕食者の視線に怯えているようだ。

うーん、こうしてみると、子犬のような可愛さがあるな。よし、名前はスラ太郎にしよう。

「よしよし、安心しろ、スラ太郎。絶対にルシルには料理をさせないからな。そんなことしたら大惨事だ。それより、ほれ、これを飲め」

俺は先ほど作った紫色の液体、魔物強化薬をスラ太郎に飲ませようと瓶を取り出すと、スラ太郎は瓶ごと魔物強化薬を体の中に取り込んだ。

「大丈夫か？　……すっぽり収まっているな」

「スライムはなんでも食べるから大丈夫よ。ガラスの瓶でも一週間もあれば分解吸収できるわ」

「へぇ、じゃあ食料はその辺の草とかでも平気なのか？」

「もっといえば、迷宮の壁以外なら、積もっている土とかでも適当に食べているわよ」

「ならこのままでいいか……薬を使ってスライムがどこまで強くなるのか見てみたかったけどな」

とはいえ、あまり時間がない。

アイテムバッグに入れずに、ズボンのポケットに入れたままのチラシを取り出した。

「じゃあ、俺は地上に行ってくる。今晩は戻らないと思う」

「うん、わかったわ、コーマ。じゃあ、また明日」

「おう、また明日」

俺は笑顔で手を上げ、地下二百階の魔王城へと帰っていった。そこから転移陣と転移石を使い、一気に地上へと出るために。

第一章　魔王を知る者と指人形

俺、火神光磨《かがみこうま》は、なにかを集めるのが好きなだけの高校生だった。琵琶《びわ》湖のすべての魚を釣り上げて、その写真をコレクションすることに挑戦しているとき、突如現れた、自称大魔王の娘ルチミナ・シフィル——ルシルによってこの世界に召喚された。ルシルから、この世界に散らばるというアイテム、七十二財宝を集めるという使命を言い渡された俺だったが、悲惨な事故により、俺は魔王ルシファーの力を手に入れ、ルシルはその魔力のほとんどを失った。

そのルシファーの力をもとに得たのが、先ほども使ったアイテムを鑑定する力と、アイテムを作り出すアイテムクリエイトという力だ。

素材をもとにアイテムを作るだけの力だが、これが予想以上にチートな力だった。

まず、力の神薬と反応の神薬という薬を作ることができる。これを飲めば、力、または動体視力と反射神経が、恒久的に一割増えるというアイテムだった。一日一本しか飲めないが、それらを飲み続けたお陰で、いまの俺なら巨象を持ち上げることも可能だろう。もしかしたら俺のもといた世界では最大の動物、シロナガスクジラを持ち上げることも可能かもしれない。

俺はその力で一儲けし、ラビスシティーで一軒の店を購入した。といっても、すべては俺が雇っている奴隷のメイベルに任せてあり、俺はたまにいらなくなったアイテムを置きにいくくらいだ。結構な額を稼いでいると聞いたことがあるが、俺はいまの店の経営状態にあまり興味はない。幸い、金には不自由していない。バカな勇者のクリスに高額のアイテムを売りつけ、借金塗《まみ》れにさせたお陰で、俺には毎月高額の返済金が入ってくるから。アイテムバッグの中には現在約金貨五十枚分、日本円にしておよそ五千万円相当のお金がある。

一カ月前の通り魔事件のときは客足が遠のいたが、それ以降は順風満帆……そう思われた。だが、その俺の店であるフリーマーケットに、未曽有の危機が訪れていた。

つまりはライバル店の出現である。

『サフラン雑貨店、明日ＯＰＥＮ！』

チラシを配っていたカジノのディーラーのような服を着たお姉さんから、先ほど新品の版画チラシを受け取った。先週配っていたものとほぼ同じ版画チラシだった。

そこには、さまざまな商品の名前と価格が掲載されていて、目玉商品は大きく取り上げられていた。この中でも宝石コーナーにある原石——宝石の原石というのはどういうわけかこの世界では滅多に市場に出回らないため、俺も買いあぐねていたのだが、それが売られている。

さらに一番下に、先着百名様に粗品プレゼントの文字が。粗品がなにかはわからないが、これは並ぶしかない！　ということで、俺は夜でもよく見えるサングラス、

暗視黒眼鏡《サングラス》【魔道具】　レア：★★★
暗い場所もよく見えるサングラス。
太陽のない場所で使うサングラス。

を使って変装し、

> **折り畳み椅子【雑貨】　レア：★★**
> **折り畳めて持ち運びに便利な椅子。**
> **座り心地はいまひとつ。**

に座って、サフラン雑貨店の入口横で順番待ちをしていた。

開店十二時間前の夜の九時から。

便意や尿意を抑える薬も自作して飲んでいるし、水や食料もアイテムバッグに入れてある。

時間潰しの携帯ゲームがないのが残念だが、この順番待ちというのは、俺にとっては別段苦痛でもなんでもない。

なぜなら、俺はコレクターだから。

世間一般に知られていることだが、世の中のコレクショングッズには希少価値のあるものが存在する。

たとえば、俺が日本にいた頃に売り出された、妖怪の絵が描かれたメダル（俺は集めていなかったが）を挿入するための時計のような玩具が入荷するらしいという知らせが届くと、朝早く、もしくはいまの俺のように前日から並んだ人もいたそうだ。しかも噂なので、確実に買えるという情報すらないまま。

コレクターのいる世界は、そういう猛者が集う世界。修羅の国なのだ。

ということで、俺はサフラン雑貨店の入口横に座っていたのだが、当然注目はされるようで、夜の十一時頃、俺の目の前に美人が現れた。

少し年上、クリスくらいの年齢だろうか？　服装は、先ほどチラシを配っていた女性と似たような服。ただし、色は黒ではなく青を基調としている。

茶色の縦ロール髪の美人、立ち居振る舞いから、どこかの貴族かお嬢様かとも思わせる。その美人が柔和な笑みを浮かべ、ランタンを持ってこちらに歩いてきた。

「失礼します。わたくしはこのサフラン雑貨店の店長をしております、エリエールと申します」

「はじめまして。俺はローマ、すべての道に通ずる男で、趣味は長靴を集めることです」

線を一本加えただけの偽名を名乗った。俺が行列に並んでいたことをメイベルに知られたら、嫌味は言ってこないにしても、いい顔はしないだろうと思ってのことだ。それでも並んでしまうあたり、俺はダメ人間かもしれないが。

「ローマ様はこちらでなにをなさっているのでしょうか？」

「勿論、店の開店を待っているんですよ」

小型のパイプ椅子に座り、俺は当然、という感じで答える。

「当店の開店は明日ですわよ？」

「いいものを買うために前日から並ぶのは基本ですから。粗品も欲しいですし」

エリエールは営業スマイルを浮かべてはいたが、俺のことを不審げに見ていた。やっぱり夜にサングラスはまずかったか。

　そう思っていたら、別の男が近付いてきた。

「エリエール店長。例の力の超薬、入荷しました」

　そう言って、この店の店員と思われる男が、力の超薬が入っているであろう立派な木箱をエリエールに渡す。

　力の超薬。力を一パーセントアップさせる能力アップアイテムであり、俺がこの世界に来て三つ目に作った薬品でもある。まぁ、いつも俺は力の神薬という、力を十パーセントアップさせる薬を飲み続けているので、貴重品だという考えが一瞬遅れてしまった。

「お疲れ様。これはわたくしが預かります」

「力の超薬ですか、貴重な品ですね」

「ええ。金貨百五十枚で買い手がついております」

「百五十……それは手が出ません……」

　いらないけど。でも、そんなに高いのか。いや、確か相場は金貨八十枚程度だとメイベルから聞いたことがあったが。

「でも、そのような薬、是非一度見てみたいものです」

「もしよろしければ、ご覧になりますか？」

「店長！」

　男の従業員が窘《たしな》めるが、

「いいじゃありませんか。ローマ様はうちの店に、こんなに早くから並んでくださっているお客様なんですから。これからもご贔屓にしていただきませんと」

別に興味はないんだけどな。見たことあるし。

でも、見たいと言ったのは俺だしなぁ。

そして、彼女が木箱から出したのは――

グリーンポーション【薬品】　レア：★★
飲むことでＨＰと、僅かながらＭＰが回復する。
緑の野菜の味がするポーション。苦いけど癖になる。

力の超薬ではなかった。

「あれ？　これ、グリーンポーションですよね？」

グリーンポーションは青汁感覚で、フリーマーケットでも売っている一品だ。健康志向のお得意様が、よく買っているらしい。

「え？」

俺の質問に、エリエールは箱を持ったまま固まった。

「いや、力の超薬は確かに緑色の薬だけど、それにしては色が薄いし」

「なに言っているんだ、これが偽物なわけがないだろ。鑑定書だってほら、この通りあるんだからよ。第一、お前は本物を見たことがあるのか？」

男はそう言って、木箱の中に入っていた紙切れを俺に見せてきた。なにか鑑定結果とかいろいろと難しいことが書いてある。

「いや、鑑定書がどうのこうのっていうより、鑑定スキルを持っている人はいないんですか？　いたら見てもらったほうがいいですよ。それ、本当にグリーンポーションですから」

「……少々お待ちください。すぐに調べてまいります」

「店長、なにを言っているんですか。本物に決まっているじゃないですか」

男が言うが、店長に窘められ、なにも言えなくなった。

「明日まではここで待っているつもりなんで、ごゆっくりどうぞ」

エリエールと男の従業員は店の中に入っていった。

待つこと三十分。

憔悴した顔でエリエールがやってきた。

「……ローマ様のおっしゃる通り、あの力の超薬は偽物でした」

「そうですか。犯人はやっぱり、さっきの従業員ですか？」

「お恥ずかしながら」

多くは語らないが、大方、男が力の超薬を仕入れるといって金貨を預かり、偽物を用意したってところかな？　仮に飲んだところで、一パーセントなど誤差の範囲、偽物だとは気付かれないとでも思ったのだろうか？　いや、そもそも力の超薬を買う人間って限られているし。

「もしかして、力の超薬を売る予定だった相手が権力者かなにかで、力の超薬を売らないとヤバい状態ってところですか？」

俺が尋ねるが、エリエールはなにも答えない。

「だとしたら、さっきの従業員もそのお偉いさんの部下かもしれませんね。鑑定書の偽造とかって、簡単じゃないんでしょ？」

サフランの名を貶めたい商人が、権力者に相談を持ちかける。そして、権力者はサフランに無理難題を要求。断ればいいんだが、それを解決する手段があると部下が進言。だが、その部下は実は権力者とグルだった。もしも力の超薬を売ってしまえば、偽物を売ったとして店の信用はガタ落ち。仮に売る前に気付いたとしても、もともと無理な要求、新たに本物の力の超薬を用意できるはずもなく、やはり信用はガタ落ち。

まさに、「越後屋、お主も悪よのぉ」「いえいえ、お代官様こそ」の世界だ。

「……お客様、申し訳ありません、その質問にはお答えできません」

ま、そうだよな。ここで見ず知らずの俺に情報を与えるような店なら、それこそ信用に傷が付く。

俺なら力の超薬を用意してあげられる（実際にアイテムバッグの中に入っている）が、そこまでする義理もないし、力の超薬を持っていることは黙っておきたい。

「あと、こちらは先ほどのお礼です。どうかお納めください」

渡されたのは木の箱だった。力の超薬が入っていた箱とは違う、小さな箱だ。

「これは？」

「昔から世界中で愛されているコレクションアイテム、パーカ人形ですわ」

「パーカ人形？」

木箱を開けると、可愛い犬の形の指人形が入っていた。

パーカ人形〔ミック〕【雑貨】　レア：★
パーカ迷宮で拾うことのできる指人形。全九十七種類ある。
ジャックが親に黙って飼っていた犬。

なっ、まじでコレクションアイテムだ⁉

「これ、ほかにはないんですか⁉　ある分、全部買いたいです」

「申し訳ありません、こちらの品は数に限りがございまして。明日、先着百名のお客様にお渡しすることになっておりますので」

俺に渡したのは予備のパーカ人形だと、エリエールは説明した。

そうか、でも、明日もう一個もらえるのなら……いや、だがなぁ。

「ちなみに、パーカ人形コレクター必見のイラスト本が出ていますのよ？」

「そんなものが⁉　いったいいくらですか？　ハウマッチ？」

「本当は開店前に販売することはできないのですが、ローマ様には特別に三割引きでお売りいたします」

「買った！」

まんまと乗せられた気がするが、俺はその本を購入した。

銅貨十四枚で購入した大きめの本には、シークレットを除くパーカ人形九十六種類が、独自の説明文付きで紹介されていた。

なかにはロボットのようなキャラや、案山子《かかし》まである。

ちなみに、主人公のパーカとその弟のジャック、ふたりの母親が魔王を倒した英雄という設定であり、母親の仲間の僧侶と魔法使いの間に生まれた双子の兄妹や、同じく母親の仲間の武道家の息子と一緒に交流を深めていく。そういう物語らしい。ミックに餌をあげていたのはジャックだけではなく、パーカも隠れて餌をあげていた。ふたりで飼ってもらえるように母親を説得するが、許可がもらえず、一緒に里親を探して、ゴンザさんに引き取ってもらった。ちなみに、ミックを捨てたのは、パーカの裏の家に住むギンバという男で、実はパーカの生き別れの兄の友人なのだという、よくわからない設定まで書いてある。

誰が計算したのか、本には出現率まで紹介されていて、シークレットキャラは一千万分の一とか、もう詐欺に近い数字だ。

ていうか、本当に出した人がいるのか？

そう思いキャラ紹介を見ていたのだが、ふと、あることに気付いた。

（そうか、そういうことだったのか）

ある結論にたどり着いたとき、すでに東の空が薄《うっす》らと明るくなってきていた。朝の五時くらいだろうか？　人通りはまばらだが、順番待ちしているのは俺だけ……と思いきや、すでに七人ほどが並びはじめていた。

　前日から並んでいてよかったなぁ、と思いながら、コレクション本をアイテムバッグに入れ、さらに待ち続けた。そして、開店二時間前には粗品を手にすることができる百人が集まり、開店三十分前には千人を超える行列になっていた。この町にこれだけの人がいたのかと驚愕する。これだけの人間を見るのは、勇者試験の初日以来だ。勿論、従業員が列を誘導しているので大きな混乱は見られない。俺も最低限の礼儀とばかり、椅子を畳んでアイテムバッグの中にしまった。

　さっきメイベルが横を通り過ぎたとき、この列を忌々しげに見ていたが、ばれてないよな。


　開店時間がやってきて、俺は誘導されながら店の中に入った。

　そこに広がるのは、まさにアイテムパラダイス。

　定番の品から見たことのないアイテムまで、山のように置いてある。

　四階建ての構造で、一階は食料品。二階は服や鎧、剣といった装備類。三階は雑貨類。四階は貴金属類やアクセサリーの販売を行っていた。

　俺が目指すは四階。貴金属のコーナー。

　店に入るときにパーカ人形の入った木箱を受け取った。中身はあとのお楽しみとして、階段を上っていく。

　そして、いきなり目に飛び込んできたのは――

【ルビー原石】【サファイア原石】【エメラルド原石】【ダイヤモンド原石】といった研磨前の宝石類。

この宝石の原石、滅多に市場に出回らない。というのも、宝石の原石が存在する迷宮は、隣国の勇者によって三年前に発見されたと聞いたことがある。新たな迷宮が勇者、またはその従者によって発見された場合、五年間の独占探索権を勇者に与えられることになっているため、迷宮産の原石はいまだに滅多に出回らない。迷宮以外の鉱山でも見つかるらしいのだが、その数はかなり少ない。

宝石店でも、研磨済みのうえ指輪などに加工した宝石しか売っていなかったからな。

「原石でもさすがに高いな……ルビーは原石段階で銀貨十枚か……」

研磨してある宝石がショーケースの中に並ぶが、そちらは金貨の値段が付いている。真っ先に上がってきた俺に、店員が近付いてくる。

「お客様、なにかお求めですか？」

「あぁ、宝石の原石を――」

俺はアイテムバッグから久しぶりに竹籠を取り出した。

アイテムバッグの存在に店員が驚愕していたが、さらに驚かせたのは、俺が竹籠の中に原石を次々と山積みに入れていったことだろう。

「これだけくれ」

「……は、はい！　少々お待ちください！」

合計八十二個、約金貨十枚分のお買い上げ。すべての原石をアイテムバッグにしまい、三階へ。

絹糸や山羊の毛皮といった、この地方ではなかなか手に入らないアイテム、黄金羊の毛皮といったレア素材を買い漁る。二階の装備類のコーナーでは、見たことのないアイテムをできるだけ鑑定して図鑑登録を済ませ、一階へ。あとは美味しいおやつでもルシルへのお土産に買って帰ろうか。そう思ったときだった。

「用意できていないって、どういうことざますか‼」

怒鳴り声が聞こえた。

ざますってなんだよ、ざますって。

だが、それも納得。なぜなら、怒っている女性というのが、五十歳くらいの、巻貝のような髪型をした吊り目のおばちゃんだったから。

ルシルの翻訳魔法、凄すぎるだろ。イメージにぴったりじゃないか。

エリエールが謝り続けているところを見ると、あのおばちゃんが力の超薬を買おうとしていた権力者なのだろう。

「申し訳ございません、グレイシア様。近日中に必ずご用意いたします」

「近日中では意味がないざます！　明日、知り合いに渡すことになっていたざます！　どう責任を取るつもりざますか⁉」

うわ、きつそうだなぁ。メイベルたちも、あんな客の相手をしているのだろうか。

「そもそも、こんな玩具を配っている暇があるのなら、方々駆けずり回って探すのが礼儀ではないざますか?」

そう言って、グレイシアという名のおばちゃんは木箱をひっくり返し、

パーカ人形〔ミナ〕【雑貨】　レア：★★★
パーカ迷宮で拾うことのできる指人形。全九十七種類ある。
パーカの幼馴染みの少女。趣味は盆栽。

人形を地面に落として踏み潰した。

な、なんてことを。あれは、あのミナちゃんは出現率〇・二パーセントのレア人形じゃないか！

許せない、なんてことを。

ものに罪はないのに。

俺はサングラスをアイテムバッグにしまい、折り目正しくお辞儀をし、こう言ってしまった。

「お待たせいたしました、グレイシア様」

そして、俺はエリエールのほうを向き、

「店長、力の超薬が届きました」

そう言って、俺は木箱に入った力の超薬を差し出す。

エリエールは目をパチクリさせている。グレイシアは嬉しそうに笑い、

「これが力の超薬ざますか？　そうは見えないざます。ガレー、鑑定スキルでこれを見なさい」

横にいる老執事を思わせるタキシードを着た片眼鏡の男に命令した。

「……お嬢様、これは正真正銘、力の超薬でございます」

「そうざましょう？　このようなものが……本物ぉぉぉっ⁉」

グレイシアは叫んだあと、口をあんぐりさせたまま動かない。

まぁ、本当に滅多に出回らない薬のうえ、グレイシアはエリエールの部下の男に命じて偽物を掴ませたのだろうからな。信じられないのも無理はない。

「では、あちらで包んでまいります。店長、まいりましょう」

本当は、ここで店長がバックヤードに入るのは妙な話なのだが、グレイシアはそれを気にする余裕もなさそうだ。

エリエールは俺に誘導されるように、だが、実はエリエールが俺を従業員専用の部屋へと誘導する。

「どういうことですの、コーマ様」

「え？　俺の正体がばれてる？」

エリエールは俺を、昨日名乗ったローマではなくコーマと呼んだ。

「はい、あなたがフリーマーケットのオーナーであることも、ほかにもギルドに登録している情報は、最初から存じ上げております」

うわ、そこまでばれていたのか。

エリエールはさらに説明を続けた。

俺に力の超薬を見せたのも、フリーマーケットとの品物の種類の差を俺にわからせるためだったそうだ。逆の結果になってしまったが。

「どうして敵に塩を送るような真似をなさったのです？」

「いや、敵ってわけじゃないだろ？　同じ町で商売する者同士、一緒に頑張っていけばいいじゃないか」

「わたくしは理由を聞いているのですわ」

うっ、正直理由を答えるのは恥ずかしいな。とはいえ、ごまかしきれる相手でもないし。顔が赤くなるのを感じながら、照れ隠しで頬をぽりぽりと掻き、

「可愛い女の子（の人形）が踏みにじられるのを、黙って見ていられなかっただけだよ」

「なっ……」

エリエールは一歩後ろに退いた。

ほら、やっぱり引かれた。

「可愛い、ただそれだけの理由で？　本当におっしゃっていますの？」

「あぁ、本当にそれだけだ。そうじゃなかったら、力の超薬なんて渡さないよ」

「…………少々ここでお待ちいただいてもよろしいかしら」

「えっと、はい。待つのは慣れているので」

なんだろ、もしかして、あまっているパーカ人形をくれるとか？

あぁ、フィギュアオタクと勘違いされたらどうしよ……俺はただのコレクターなのに。

コーマ様の言葉に、わたくしの胸のドキドキは止まろうとしてくれませんでした。

わたくしは従業員の部屋から出て、包装した力の超薬を専用の袋に入れて、グレイシア様に渡しました。

グレイシア様はまだ驚愕で立ち直れない様子でしたが、苦笑いしてその力の超薬を受け取っていました。

支払いは執事のガレー様が済ませました。

グレイシア様はアイランブルグの古くからの貴族の家の方ですから、新参者の私が気に食わず、この店の名を汚そうとしたのでしょうね。だが、それもコーマ様のお陰で不発に終わりました。

彼には感謝しないといけないのですが……わたくしの顔は火照りが収まる様子がありません。

『可愛い女の子が踏みにじられるのを、黙って見ていられなかっただけだよ』

わたくしのことを可愛い女の子だなんて。

殿方から、美人だともてはやされたことは多々ありますが、あのように面と向かって、可愛いと言われたのは初めてですわ。相手は僅かではありますが、わたくしより年下だというのに。

さらに、あれはおそらく彼の本心……。

顔を見たらわかります。

あんなに恥ずかしそうに言われたらたまりません。

あぁ、どうしたらいいのかしら、彼はライバル店のオーナー。

そして、ライバル国に所属する勇者の従者でもあります。

あの問題がある限り、わたくしは彼とは一緒になれぬ宿命。

やはりお断りしなくてはいけません。

いま、ここで断るのがお互いのためですわ。


「お、お待たせしました、コーマ様」

　エリエールが戻ってきた。声が裏返り、俺と目を合わせてくれない。あぁ、絶対にオタクだと思われている。

「コーマ様、先ほどの力の超薬の代金です、お受け取りください。金貨百六十枚入っております」

「え？　代金は百五十枚だったんじゃないの？」

「十枚は、この店の信用の対価です。それにしては安いかもしれませんが——」

「いえ、金貨百五十枚で結構です。その代わり、ひとつお話ししたいことがあるのですが」

　まずは誤解を解いておかないといけない。

「先ほど、俺は可愛いところが好き、みたいな言い方をしましたが、（指人形は）全部好きなんです」

　女の子の人形だけじゃないんです！

　そう言ったら、

「え……全部⁉」

エリエールが驚愕した。だが、俺の言葉はどうやら信じてもらえたようだ。女の子の人形ばかりを集める人間と思われるのは嫌だが、コレクターとして引かれる分には全然構わない。それに、コレクターとしての気持ちは絶対に彼女もわかってくれているはずだ。

なにしろ、彼女も俺と同じようにパーカ人形を愛している。それは確信できているんだから。

「エリエールさんも同じ気持ち、なんですよね」

彼女はなにも答えない。

まぁ、隠しておきたい気持ちもわからなくもないか。でも昨日、パーカ人形のコレクションブックを見てわかった。彼女も俺と同じコレクターなのだと。なぜなら——なぜなら、あのコレクションブックの著者が、エリエールだったから。

でも、彼女だからこそ聞きたいことがある。

「それで、エリエールさんに教えてほしいんです」

「……なにをでしょうか？」

「秘密……と言えばわかりますね」

指人形のシークレット。

出現率一千万分の一のレアアイテム。

そして、シークレットの部分はシルエットだけで絵が描かれていない。

でも、彼女は実際にその目で見たのだ。シークレットを。

「……なんのことかわかりかねますわ」

エリエールは誤魔化すように言う。まぁ、そりゃ言えないよな。

でも、俺は本の情報からそのシークレットの正体を見抜いていた。

パーカ人形は、魔王を倒した女勇者の息子であるパーカを主人公とした物語をもとにした人形だと書いてあり、実際、女勇者や魔王の元部下や、魔王を倒すときに使ったという折れた聖剣の指人形はある。

だが、なぜかあれだけがない。

それこそがシークレットの正体だ。

「魔王……と言ってもわかりませんか？」

そう言うと、彼女の顔色が変わった。


「先ほど、俺は可愛いところが好き、みたいな言い方をしましたが、（エリエールさんのことを）全部好きなんです」

「え……全部⁉」

可愛いだけならまだしも、わたくしのすべてを好きだなんて。

そんなことを言われたら……。

でも、わたくしは彼と恋仲になるわけにはいきません。

任務が残っているのですから。

落ち着きなさい。

「エリエールさんも同じ気持ち、なんですよね」

な、なんですの⁉

わたくしの気持ちもすでに知られている。そう彼は言いました。

あり得ません。わたくしが初めて会ったばかりの殿方のことを好きになってしまったなんて……

そんな。

「それで、エリエールさんに教えてほしいんです」

「……なにをでしょうか？」

まずは来る質問を予想します。

好きな食べ物？　よく読む本？

もしかしたら、この店のことかしら？　コーマ様もわたくしと同じ経営者ですから、気になることもあるでしょう。

いいでしょう、なんでも答えて差し上げましょう。

私は斜に構えて、コーマ様の質問を待ちました。

ですが、コーマ様の口から出た言葉は、私の予想外のものでした。

「秘密……と言えばわかりますね」

秘密？

それはわたくしが勇者であること？

それとも、もしかして。

ダメです、顔に出したらダメですわ。

鎌をかけられているのでしょう。ここでなにも答えることはできません。

わたくしは心を無にし、

「……なんのことかわかりかねますわ」

そう言ってやりました。

だが、コーマ様は最後にこう言いました。なにかを確信したような笑みを浮かべて。

「魔王……と言ってもわかりませんか？」

その言葉に、わたくしは戸惑いを隠せませんでした。

彼はすべてを知っている。恐ろしい人……なんで、なんでわたくしの任務を知っているの？　こうなったらすべてを晒すしかない。そのうえで、彼を巻き込むしかない。

「コーマ様、まずは自己紹介が遅れたことをお許しください。わたくしにはサフランの店長以外にも、もうひとつの顔があります。勇者エリエール、それがわたくしの隠れた呼び名ですわ」

そう言って、勇気の証——勇者のブローチを胸に着けます。

すると、コーマ様はわざとらしい驚きの表情を作り、

「エリエールさんも勇者だったんですね。俺の知り合いにも勇者がいるんですよ」

「ええ、クリスティーナ様ですわよね。存じております」

「そうですか、あいつも有名人だなぁ」

コーマ様は快活に笑われました。

「コーマ様が聞きたいのは魔王……についてですわよね」

「ええ、そうです」

「明日の正午までお待ちください。ギルド経由で伝えられることをすべて書面でお伝えします。それからまたお話ししましょう……サウスパークでお待ちしています」

もしもすべてが終わったら、コーマ様はあの言葉をもう一度わたくしに囁きかけてくださるのかしら。

それとも、ただわたくしを利用したかっただけなのかしら。

その答えは、いまはわかりません。


その日、俺は魔王城に帰った。

コメットちゃんとタラ、そしてルシルと四人で食事を終えたあと、俺はひとりになるために魔王城を出て、城の壁にもたれかかり、上機嫌で木箱を開けた。

さて、なにが出てくるかとワクワクしながら開けたのだが……。

パーカ人形〔ミック〕【雑貨】　レア：★
パーカ迷宮で拾うことのできる指人形。全九十七種類ある。
ジャックが親に黙って飼っていた犬。

出てきた犬の指人形を見て、俺は大きく落胆した。

……まさかのミック被りだった。


サフラン雑貨店、オープン二日目の朝。

俺はフリーマーケットに正面入口から入った。すでに開店しているというのに、客足が遠のいているのか、閑古鳥が鳴いていた。

「いらっしゃいませ！　あ……」

笑顔で出迎えたメイベルは、俺の顔を見るとバツが悪そうな表情を浮かべた。

「よぉ、メイベル。ほかの皆はどうした？　メイベルひとりか？」

フリーマーケットでは、現在メイベルのほかに、リーとファンシーという従業員が働いているはずだ。だが、店を見る限り誰もいない。

休みか？

「ふたりには版画チラシを配ってもらっています。少しでもお客様を取り戻さないといけませんから」

「取り戻す……ね」

俺はポリポリと頬を掻く。別にそんなに焦ることはないと思うんだけどな。

「でも、この棚とかもほとんどカラになっているし、売れているんじゃないのか？　ここって薬の棚だっけ？」

「……はい、以前コーマ様が作ってくださった解毒ポーションのお陰で、当店の薬には一種のブランド価値がありますから」

「そういうもんだろ。いまは向こうがオープンしたばかりだから客も流れているが、いいものを適正価格で売っていれば、それが店の価値になる。ここで下手に大安売りして店の価値を下げるなんて、メイベルらしくないと思うぞ」

俺は笑って、メイベルの柔らかい両頬を優しく押す。すると、彼女の口角が吊り上がった。

「ほら、笑って笑って。とりあえず、いつものメイベルになれ」

「は、はい……ありがとうございます。あ、コーマ様、貴重なアイテムを二品、仕入れることができました」

「お、本当か……それは僥倖《ぎょうこう》だな。どんなアイテムなんだ？」

「こちらです」

そう言って、メイベルが取り出したのは——どこかで見たことのある木の箱。

そして、木の箱の中から出てきたのは、どこかで見たことのある薬瓶だった。

「もしかして、力の超薬か？」

「ええ、本物です。私も実物を見るのは、初めてなんですよ」

メイベルは鑑定スキルを持っているから、初めて見た品でも本物かどうかわかるのだろう。

でも、このタイミングで力の超薬か。これはまさか——

「……それを売りにきた人の特徴と、いくらで買ったか教えてくれないか？」

「はい。お金持ち風の五十歳くらいの女性と、片眼鏡の執事風の男性のふたりで——」

「よし、誰が売ったかはわかったからもういい。いくらで買ったんだ？」

「最初は金貨百五十枚で売りたいとおっしゃっていたのですが、どうやら彼女はなにか焦っているようでしたので、少し揺さぶったら金貨六十枚で買うことができました」

メイベルが言うには、おそらく彼女は使う予定ではなかった金貨を使うハメになってしまったのだろうとのことだ。あぁ、用意した金貨百五十枚は見せ金で、本来は使ってはいけないものだったのか。でもあの人、金貨九十枚の損失か。少し哀れだな。

「メイベルが客の足元を見るって珍しいな」

「はい。『このようなボロボロの店に相応しい品ではないざますが』という前置きがなければ、適正価格の金貨八十枚で買いましたよ」

「……そうか」

同情は撤回。自業自得だ。

「ちなみに、それはいくらで売れそうなんだ？」

「滅多に見かけないアイテムですので、金貨九十枚で販売する予定なのですが……、先に購入したいとおっしゃっている方がいらっしゃいまして。コーマ様が必要ないのなら、彼女になら金貨八十枚で売ってもいいかと」

それは誰か？

力を求め、メイベルとも親しくしている人。そんなのひとりしかいない。

「メイベル、あのバカ勇者には絶対に売るんじゃねぇぞ……あいつ、借金の返済が滞っているんだからな」

俺がそう言うと、メイベルは少し苦笑して、

「かしこまりました」

と頭を下げた。

まったく、あいつは。

「それで、もうひとつのアイテムってなんだ？」

「これは素材なのですが」

メイベルが出したアイテムを見て、俺は思わず息を呑んだ。

それは、七十二財宝ではないが、とても貴重なアイテムだった。

その日の正午前、俺は待ち合わせの公園へと向かった。

約束の時刻より二十分ほど早かったが、すでにエリエールが待っていた。

昨日とは違う、青いドレスを着て、日傘を差して優雅に佇んでいる。

こうして見ると、本当にいいところのお嬢様のようだ。実際に貴族らしいが。

「お待たせしました、エリエールさん」

「いえ、私もいま来たところですわ、コーマ様」

エリエールは黒色の日傘を閉じ、公園の中にあるカフェへと俺を誘った。カフェにはテラスのほかに個室もあり、俺たちはそこで話をすることにした。

やはり、パーカ人形の魔王に関する情報は、それだけ貴重なんだろうなと俺は思った。

カフェの中で、エリエールはローズマリーティーを、俺はハッカ茶を注文。飲み物が運ばれてくるまでたわいのない雑談をし、そして飲み物が運ばれてきたあと、彼女はとある封書を俺に渡した。

「お読みになってくださ い」

エリエールの真剣な眼差しを見て、これが魔王の情報なんだろうと俺は思った。

だが、その封書に入っていたのは……俺の求める内容ではなかった。それ以上にやばい話だった。

『迷宮の魔王に関する経緯報告書』

そんな見出しで始まった文書を見て、俺はエリエールの勘違いに気付いてしまった。
これは、パーカ人形の魔王の話ではない。正真正銘、本物の魔王の話だと。
報告書の内容は簡潔にまとめると以下の通りだ。

東のサイルマル王国の国王から、西のアイランブルグ王国の国王に手紙が送られてきた。ラビスシティーの迷宮の奥には魔王と呼ばれる魔物の王がいる。その魔王は世界中に魔物を作り出す元凶であり、その魔王をすべて倒したとき、世界中から魔物がいなくなる。勿論、魔王というものが存在するかどうかは定かではないが、それが事実だった場合、アイランブルグ、サイルマル両国でラビスシティーの冒険者ギルドに対して抗議を行い、ラビスシティーを支配下に置く理由とすることができる。サイルマル王国はその調査を独自に行うために、風の騎士団をラビスシティーの勇者試験に潜り込ませたが、勇者試験で謎の魔物に襲われ、そして傭兵ゴーリキによって惨殺された。それはラビスシティー側の陰謀である可能性が高く、今後は調査を行うのに最適な人間を用意しなくてはいけない。白羽の矢が立ったのが、アイランブルグ王国の貴族で勇者であるエリエールだった。

その報告書を読み終えた俺に、エリエールは暗い顔をした。つまり、彼女はアイランブルグ王国のスパイだということか。

そして彼女は――

「コーマ様。こちらをどうぞ」

エリエールが渡してきたのは、ギルドからの依頼書だった。

「この依頼をコーマ様に、いえ、コーマ様が仕える勇者様に受けていただきたいと思います。そこで、きっとコーマ様が欲しい情報が得られます。まずはユーリ様とお会いください」

彼女は依頼書を俺に寄越すと、優雅に一礼してから背中を向けて去っていった。


「コーマさん、お金を貸してください。お願いします」

「土下座をしても無駄だ。絶対に貸さん。そもそもお前の土下座に価値はないからな」

フリーマーケット隣の従業員寮。その一階で、ひとりの美女が土下座をしていた。そう、美人なのだ。そして、胸も大きい。だが、それ以上に残念な女性だ。

俺たち以外誰も見ていないとはいえ、よくもまぁ土下座ができるものだと思う。

「いいから立て」

俺が促すと、彼女は目に涙を浮かべながら立ち上がった。

金色の美しい髪、白い肌、黙って立っていれば放っておく男はいないような美人だ。

彼女こそが俺の仕える勇者、クリスティーナ。通称クリスだ。

とある理由により、クリスの勇者試験に俺は従者としてともに挑んだ。

その結果、クリスは勇者として、絶大な権力を得たわけだ。世間では、絶世の美人勇者としてもてはやされているそうだが、その実態は借金漬けの騙されやすいバカだ。

「コーマさん、そこをなんとか。力の超薬といえばとても貴重な薬なんです。歴代勇者もこれを飲んで強くなったといわれるほどでして」

「そんなもん俺が知るか。それより健康ジュースでも飲め。これから仕事なんだからな」

クリスは知らないことだが、彼女は力の超薬の十倍の効力がある力の神薬を毎日飲んでいる。というのも、毎日俺がクリスに飲ませている健康ジュースこそが、力の神薬なのだ。

「クリス、エリエールって勇者を知っているか？　彼女からの依頼なんだが」

「勇者エリエール⁉　知っています！　三年前の勇者試験の唯一の合格者ですよ！　勇者になってからも未発見の迷宮を次々に発見した方です。前にコーマさんに話した、宝石の原石が見つかる迷宮を発見したのもエリエール様なんですよっ！」

あぁ、サフラン雑貨店に宝石の原石がやたらあったのはそのためか。

「エリエール様の依頼ならすぐに行きましょう！」

クリスは、椅子に立てかけてあったプラチナソードを手に走り出した。

まったく、元気で現金な奴だ。

まぁ、それがクリスのいいところなんだがな。

「待て、クリス！　俺を置いていくな！」

冒険者ギルド本部では、今日も彼女が受け付けをしていた。

青い髪に、蔑むような瞳、そして――

「いらっしゃいませ、クリスティーナさん。そして、その他一名」

俺への辛辣な扱いもいつにも増している。嫌われるようなことをした覚えはないのだが。

彼女は受付嬢のレメリカさん――まぁ、いろいろと縁のある女性だ。彼女に依頼書を渡すと、俺たちはギルドマスターの執務室へと通された。

「よく来たね。まぁ座りたまえ」

ギルドマスターであるユーリはデスクの椅子から立ち上がると、俺たちをソファへと誘導した。

ソファには先客がいて、紅茶に角砂糖を入れて、それが溶ける様子をじっと眺めている。

ユーリと常に一緒にいる女の子、ルルだ。

「彼女のことは気にしないでくれ。それより、私からの依頼だが、君たちが受けてくれるのかね？」

「はい、勇者エリエール様と、そしてユーリ様からの依頼であれば、このクリスティーナ、身命を賭して依頼を受ける所存であります」

「それは嬉しい話ですね。でも、これは調査の依頼だからね、死んでもらったら調査報告を受けられないから困りますよ、クリスティーナさん」

「じゃあ、コーマさんの命を賭けます」

「勝手に人の命をベットするな」

俺とクリスのやり取りをくすくすと笑いながら見ていたユーリが、俺から受け取った依頼書の封を破いた。

「君たちへの依頼は蒼の迷宮の調査だ。とても綺麗な迷宮だからね。行ってみればきっと感動するよ」

感動……か。きっと特別な迷宮なんだろうな。

「そこで、俺たちはなにを調査したらいいんですか？」

「簡単なことだよ。そこに住む人から話を聞いてくれればそれでいい。なにか変わったことがなかったか？　とね」

「「そこに住む人？」」

俺とクリスが声を揃えてその疑問を口にした。

そして、ユーリは言った。

「蒼の迷宮の三十五階層には、町があるんだよ。海の上に浮かぶふたつの町がね。行ってみればわかる。君たちならきっと三十五階層にたどり着けるだろう」

蒼の迷宮の調査は明日から行うことになり、俺は一度魔王城に戻った。

卓袱台を囲んで、四人揃って食事をする。

俺とコメットちゃんとタラは、ほうれん草のお浸しと炊いたおからと白いご飯、ルシルはチョコレートとクッキー。ちなみに、俺だけは箸を使い、コメットちゃんとタラはフォークとスプーンを使っている。ルシルは素手だ。チョコレートとクッキーだし。

その光景は、一言でいうなら「魔王家の食卓」だ。

小麦の数倍もの値段がする白米だが、日本人ならやっぱり白い飯だな。ただし、このご飯は、日本のお米よりも硬くてパサパサしている。品種が違うのだろう。コシヒカリが食べたい。

でも、それ以外は完璧に日本料理を再現している。豆と塩さえあれば、麹黴《こうじかび》やにがりがなくても醤油、味噌、納豆、豆腐、豆乳、おからなどを作れるからな。

コメットちゃんは料理の才能があるらしく、一度教えただけで、簡単に俺の作った和食を再現してくれた。

「ねぇ、コーマ。チョコレートとクッキーって、一緒に食べたらとっても美味しいのよ。大発見だと思わない？」

「あぁ、そうか、それはよかったなぁ、ルシル。じゃあ、今度はチョコレートクッキーを作ってやるよ」

「チョコレートクッキー⁉　なに、その甘美な響きは⁉　あぁ、もうちょっと日本の料理について、勉強しておけばよかったわ」

ルシルが瞳を輝かせながらも、かつて力があった頃に日本について勉強しておけばよかったと後悔をしている。力を失ってから、日本を含めた地球に意識を飛ばせなくなってしまい、地球の情報を得ることができなくなったらしい。

でも、お前、似たようなもの前に食べたよな？　俺の栄養補助食品のチョコレート味を、完食してるだろ。

そんな感じで、魔王家の食卓はいつも通り平和だった。

食事もある程度済んだところで、俺は今日あったことを三人に話した。

魔王の情報が広まっていること。

その情報を詳しく探るため、蒼の迷宮にある町で調査をすることになったこと。

「というわけで、明日から蒼の迷宮に潜ることになるんだけどさ、ルシルは蒼の迷宮って知ってる？」

「知らないわ。そもそも蒼の迷宮とかって、人間が勝手に付けた名前でしょ？」

「それもそうか」

俺も自分たちが住んでいる迷宮をルシル迷宮と呼んでいるが、誰かに発見されたら、別の名前で呼ばれることになるんだろうしな。

「じゃあ、迷宮の中に人間が町を造るって、よくあることなのか？」

ルシルは「そうねぇ」と、クッキーの間にチョコレートを挟みながら説明を始めた。

「たとえば、魔物は出ない。なのに宝箱があって、定期的にアイテムが補充される。しかも、その宝箱のアイテムはとても価値の高いものばかり。そんな場所を見つけたら、コーマはどう思う?」

「そりゃ、ラッキーと思うな。ほかの人には黙っていて、ずっとアイテムを手に入れようと思う」

「でも、地上に戻ってアイテムを売りにいっている間に、ほかの人に見つかってその場所を取られたらどうする?」

「そうか。じゃあ、隠すとか」

いや、それも完璧じゃないな。所有権を主張するには、別の……。

「ずっといるのが一番だとしたら、俺はそこにいて、仲間や、それこそ絶対服従という意味なら、奴隷にアイテムを売りにいかせるか」

「そういう場所が複数あれば?　それこそ十個や二十個」

「十人や二十人が常にそこに張り付く?」

「それだけ人がいれば、次は取れたアイテムをその場で買い取り、運ぶことで中間マージンを得る冒険者や、コーマがそうしたみたいに、迷宮の中で作物を育てようとする人も現れるかもね。人が住むということは、それだけ需要があるんだから」

「それが、迷宮の中の町の始まり?」

「まぁ、そういう町が昔あったって話よ」

しみじみとした口調でルシルが言う。

もしかしたら、かつてルシファーが治めていたこの迷宮にも、そのような町があったのかもしれない。

人がいてこその国なのだとはいうが、人が集まればそれだけで町になるってことか。

「某《それがし》が聞いた話では、勇者制度ができる前、誰でも自由に迷宮に出入りできた頃は、十階層にも町があったということです」

「確かにあそこは安全地帯で広いからな」

タラの説明に俺は頷いた。

となれば、迷宮の中に町があるっていうのも、あながち突拍子もない話というわけでもないのか。

「蒼の迷宮の町か……どんなところなんだろうな」

少しの期待と、大きな不安。

なにより、与えられた情報が少ないからな。

「海の上の町……か」

俺がぽつりと呟く。

「コーマ様、海に行かれるのですか？」

「あぁ、うん。蒼の迷宮の三十五階層は、海の上に浮かぶ町らしいんだ。そうだ、転移陣があれば転移石を使って転移できるな……もしも転移陣があったら皆で遊びに――」

俺が言いかけたそのとき、ルシルが立ち上がり、俺の腰にぶら下げてあるアイテムバッグの中身を漁り出した。

「……あ、そうだ！　コーマ、魔石ちょうだい！　あと――これも！」

そして取り出したのは、魔石十個と二枚の大きな紙だった。孤児院の子供に配ろうと思って作った画用紙だ。

「なにに使うんだ？　そんなもの」

「勿論こうするのよ」

ルシルはそう言うと、呪文を詠唱する。

詠唱が終わった瞬間、画用紙と壁が光を放った。

この光、一度見たことがある。転移陣作成の光だ。

「今回は特別な転移陣だからね、魔石の力を使わないとできないのよ」

魔石が次々に砕け散っていく。

そして——画用紙と壁に転移陣ができ上がった。その画用紙を鑑定してみると、

持ち運び転移陣【魔道具】　レア：★×六
持ち運びの可能なアイテムに、転移陣が描かれている。
いつでもどこからでも、あなたのいる場所に。

ウソだろ、画用紙に転移陣を作りやがった。

しかも【レア：★×六】⁉　俺のアイテムクリエイト並みにチートな力だぞ。

「コーマ、これならクリスの目を盗んで、私たちを呼び出せるんじゃない？」

「……あ、あぁ。そうだな」

俺が頷くと、コメットちゃんはなにかを期待するような目でこっちを見てきた。

「向こうの安全を確認したらな」

こうして、魔王一家最初の旅行先は海に決まった……わけだが。

そうなると、いろいろと用意をしないといけないよな。

俺はその日も徹夜で作業をすることになった。

第二章　海の中のエラ呼吸ポーション

ユーリから依頼を受けた翌日、俺はクリスとともに、迷宮にやってきた。蒼の迷宮はギルドが特別に管理しているらしく、たとえ勇者とその従者でも、勝手に入ることはできなかった。そして、俺とクリスは蒼の迷宮にたどり着いた。

ここで、俺たちはユーリの言っていた意味を知る。

「これは……確かに凄いな」

壁が――すべての壁が水だった。

「ガラス……じゃないのか」

壁に手を当てると、手が壁の中に沈んでいった。

凄い！　超技術だ！

よく見ると、水の壁の中には魚がいた。

「コーマさん、凄いですね」

「あぁ……綺麗だ」

その幻想的な光景に、俺は小さく息を漏らす。

しばらく仕事を忘れて、この景色を見ていたくなる。

「あ、大きな魚が来るな」

水の壁の向こうから大きな影が迫ってくる。

っておいおい、あれは――

「鮫じゃねぇかっ！」

俺は一歩横にずれ、跳びかかってくる鮫とすれ違いざまに、プラチナソードで攻撃する。

相手の速度を利用した攻撃で、一刀両断された鮫は魔石と鱗を残して消えた。

危なかった。あのままなにも考えずに景色に見入っていたら、完全に噛まれていたぞ。歯形なんて生易しいものじゃないぞ。

景色が綺麗でも、やっぱり迷宮ということか。

化け物鮫の逆鱗【素材】　レア：★★★
鮫系の魔物の鱗のなかで、一枚だけ裏返っている鱗。触れるととても痛いので、かなり怒ってしまう。

「化け物鮫の逆鱗か……竜じゃないのに逆鱗とかあるんだな」

落ちた鱗と魔石を拾い上げる。

アクセサリーの材料のほか、防具の材料にもなるな。儲け儲け。

鱗と魔石をアイテムバッグにしまうと、俺をじっと見ているクリスと目が合った。

「どうした？」

「コーマさんって、鑑定スキルを持っているんでしたよね。羨ましいなって思って」

「クリスはスキルを持っていないのか？」

「たぶん、ないと思いますけど、潜在スキルとかあればいいかなって思ってます」

この世界のスキルは、生まれながらに持っているものと、長年の修行で手に入るもの、アイテムを使って手に入るものの三種類がある。

俺の場合は、アイテムを使って手に入るという三番目の手段により、火炎魔法というスキルが使えるようになった。

「じゃあ、調べてみるか。スキル眼鏡っていうアイテムがあってだな――」

俺は赤いトンガリ眼鏡を取り出し、装着する。

「あ、出た、コーマさんのダメガネシリーズ！」

「ダメガネで悪かったな……ってあれ？　クリス、鎧いつ脱いだんだ？」

「え？　鎧なら着けていますよ」

着けている？　クリスの黒いシャツは見えているが、鎧は見えないぞ？

もしかして、バカには見えない鎧？　裸の王様の鎧？　俺、バカになった？

違う、そうじゃない。

今度はその黒いシャツがなくなり、白いブラと下着だけになった。

まずい、これは――

と思った直後、今度はそのブラと下着がなくなり、クリスが生まれたままの姿に――

俺は思わず眼鏡を外した。しっかり堪能したあとで。

スケル眼鏡【魔道具】　レア：★★★★
箱の中身、卵の中などが透けて見える眼鏡。
どこまで見ても心の中までは見えない。

あ、スキル眼鏡だと思ったら、スケル眼鏡だった。
うん、いつも思うが、クリスの胸って……いや、うん。
今度は、青いトンガリ眼鏡を取り出して鑑定する。

スキル眼鏡【魔道具】　レア：★×五
相手のスキルが見える眼鏡。
確認できるのは、スキル名とそのレベル。

こっちだ、こっちだ。
新しい眼鏡を出すと、クリスが「コーマさん、いったい何種類の眼鏡を持っているんですか」と呆れ顔で言ってくる。
鏡越しで見てもスキル確認は有効。それで見た俺のスキルは、

【×××レベル10・鑑定レベル10・火炎魔法レベル3】である。

スキルはレベル10が最高レベル。

アイテムクリエイト、つまりアイテム作成魔法のスキル名はノイズが走って見えなかった。オリジナルスキルだからだろうな。

これを使ってクリスのスキルを確認した。すると、彼女が持っているスキルが明らかになった。

【聖剣レベル1・蛇紋剣レベル1・瞬剣レベル1・魔法剣レベル1】

剣のスキルばかりだが、四種類もあるってずるいな。

何人かスキルを見て回ったが、多くの人の場合、スキルは持っていても一個か二個、ほとんどの人はスキルなしだった。ちなみに、メイベルは鑑定レベル3。

全部レベル1なのは、まだ潜在的に持っているだけだからかな。

魔法剣とかは格好いいな。

「クリス、お前のスキル、激レアのものがあったぞ。飛行スキルっていって、空を飛ぶスキルだ」

「え？　本当ですか？」

勿論大嘘だ。索敵眼鏡にかけ直し、周囲に敵がいないか探ってみる。

敵はいない。よし、クリス遊び二回目だ。

「あぁ、試しに、両腕を横に広げて、大きく上下に動かす」

「はい、やってみます」

バカ正直に両腕を広げて手をバタバタさせるクリス。当然、そんなことでは空は飛べない。ぴょんぴょん飛び跳ねるが、勿論飛べない。

「飛べないなぁ」

「どうしてでしょうか？」

「鎧が重すぎるんじゃないか？」

「なるほど……じゃあ取ってみますね」

クリスは鎧を取り、剣を置き、アイテムバッグも下ろして、再度両腕を広げて大きく羽ばたいてぴょんぴょん跳ねてみる。

当然、飛べない。飛べるはずがない。

鎧がないことで、先ほどまで固定されていた胸が大きく揺れる。

「服も重いんじゃないか？」

俺が笑いながら言った。そろそろネタばらしで、本当のスキルを教えてやるか。そう思った、そのときだった。あり得ない現象が起きた。クリスがジャンプしていたときだった。宙を蹴ってさらにジャンプした。

なにが起きた!?

スキル眼鏡をかけ直す。

【聖剣レベル１・蛇紋剣レベル１・瞬剣レベル１・魔法剣レベル１・多段ジャンプレベル３】

「なっ……」

変なスキルを覚えていた。

多段ジャンプって、二段ジャンプみたいなあれ？　スキルってそんな簡単に覚えるものなのか⁉

「コーマさん！　いま、飛行できたんじゃないですか？　ちょっとですけど」

「あ、あぁ、できたな。正確には多段ジャンプっていうスキルみたいなんだが。もう鎧を着て、両手を下ろしてもできるんじゃないか？」

「はい、やってみますね」

クリスは鎧を着て、両腕をリラックスさせた状態で、思いっ切りジャンプしてみる。

すると、本当に宙を蹴って、二段ジャンプに成功した。

「できました！　コーマさん、できましたよ」

「あ……あぁ、凄いな、クリスは」

苦笑いしか出てこない。

なんで本当にできてるんだよ。

勇者の奇跡とかか？

眠ってもいないパワーに目覚めているんじゃないよ。

「はい、コーマさんのお陰です」

その笑顔に、俺の胸がちくちく痛む。

くそ、俺にもまだ人間らしい感情が残っていたというのか。

その日は二十階層まで行き、そこで野宿をすることになった。

索敵眼鏡をかけたら魔物の場所はわかるうえ、このあたりの魔物なら俺ひとりでも十分倒せるから問題ない。

交代で見張りをすることにして、俺は起きている間にクリスと同じ方法で二段ジャンプの練習をしたのだが、どう頑張ってもスキルを覚えることはなかった。


翌朝、クリスが持つほかの剣系のスキルの発動条件を調べながら魔物退治をし、迷宮を下りていったが、聖剣やら魔法剣やらのスキルについては、発現方法がわからなかった。

地上に戻ったら、スキルについて調べてみようか。

そうして、俺たちは三十三階層の探索をし、三十四階層に続く階段を見つけた。

そこはさすがに想定外の光景だった。

なぜなら、三十四階層は天井まで完全に水浸しだったから。

鎧をアイテムバッグにしまったクリスが、素潜りで中の様子を探ってきたが、水のない通路とかはないようだ。

後ろ髪を紐でくくった彼女は、「塩が髪に絡みつく……シャワー浴びたいなぁ」と呟いていた。

昨日野宿したうえ、いつも住んでいるフリーマーケットの従業員寮のお風呂の設備が最高だからな。

そういえば宇宙飛行士とか、水のいらないシャンプーを使うって話を聞いたことがある。

もしも作れたなら、インフラ設備の整っていないこの世界では、需要があるんじゃないだろうか？

まぁ、シャンプーとリンスに関しては、メイベルからもっと仕入れて販売できないか？　と相談を受けている。

「私は四分しか素潜りできないですから、三十五階層に続く階段を探すのはちょっと難しそうですね」

「三十五階層は人が住んでいるらしいから、さすがに空気はあると思うんだけどなぁ」

三十五階層に住んでいる人が人魚だとは聞いていない。

俺は一分素潜りできたらいいほうだ。

仕方がない、最後の手段を使うしかないか。

「クリス、水の中に潜るための薬があるんだ」

「そんな薬があるんですか？」

魚のヒレとポーションを組み合わせて作った「エラ呼吸ポーション」というものがある。

途中で倒した魚のエラを使って作った薬だ。

「あぁ、これさえ飲めば、一時間、水の中で呼吸できる。ただし、言葉がほとんど伝わらないと思うから、簡単なジェスチャーサインだけは決めておくぞ」

そういうわけで、しばらく指サインの練習をした。

そして、一通り覚えたあと、俺は薬を二本取り出す。

エラ呼吸ポーション【薬品】　レア：★★★★
飲むと水中で呼吸できるようになる薬。効果は一時間。
魚味の薬。ポーションのなかでも屈指の不味さを誇る。

「臭……臭いですよ、コーマさん」

「我慢だ、クリス。我慢。一気に飲み干すんだぞ。二回に分けて飲もうなんて思うな。心を持っていかれるぞ」

不味いものを飲んだり食べたりするつらさは、俺は誰よりもわかる自信がある。

このポーション、ルシルの料理に比べたら耐えられるものだが、耐性のないクリスはつらいだろうなぁ。

魚臭いポーションをふたりで飲み干し、俺とクリスは海の中に入っていく。

クリスはいつにも増して真剣のようだ。

そりゃ、あんなクソ不味い薬は二回も飲みたくないものな。

アイテムクリエイトを使って作っているので、最高品質のアイテムのはずなのに、あの不味さ。

もしも通常通り、レシピを持った錬金術師が作っていたら、ルシルの料理に迫る不味さになるんじゃないだろうか？

でも水中歩行は幻想的だな。ポーションの副次効果で、塩水が目にしみることもないし。

海藻が揺れているし、魔物以外の魚も多い。カラフルな魚が多く、南国の海みたいだ。

不味い薬を飲んだが、飲むだけの価値はあったのかもな。

後ろを見ると、クリスも似たような感じで景色を満喫している。

こういうところは、本当に女の子なんだな。

この景色、本当に、ルシルやメイベル、コメットちゃんにも見せてあげたいとは思う。

ルシルとコメットちゃんは、三十五階層の町に行ってから持ち運び転移陣で呼んであげたいな。

ついでに、ルシルには不味いものを食べる人間の気持ちを味わってもらおう。

なんて考えながら、とりあえず海草とか、貝とか、珊瑚とかの目に付いたアイテムを拾いながら、奥へと進んでい――

【いぃぃぃぃぃっ！】

俺は咄嗟に、引き返せのサインをクリスに送る。彼女もすでに気付いたのか引き返していくが、もうだめだ。

引き返そうと思うが、水流に押されて――迷宮の中央に広がった穴へと吸い込まれていった。

【クリスぅぅぅっ！】

俺は手を伸ばしてクリスの手を掴もうとするが――指と指が触れたかと思ったら、水流の向きが急に変わり、俺とクリスは離れ離れになって、穴の中へと吸い込まれていった。

そして――

眩し……え？　ここは——

水の中から、俺は空を見ていた。

空が見える？

あれ？　俺、迷宮の中にいたはずじゃ……。

水を掻いて水面に出ると、俺はそれが空ではないことに気付いた。

あれ、青い天井だ。にしては明るいな。太陽の下にいるみたいだ。

「クリスぅぅぅ、いるかぁぁぁぁっ⁉」

叫んでみるが、返事はない。

聞こえるのは滝の音だけ。

え？　滝？

振り返ると、少し離れた天井から大量の水が降り注いでいる。

天井まで五十メートルはあるんじゃないか？

「……あんなところから落ちてきたのか」

よく無事で済んだなぁ、と思う。俺が無事なら、なんの根拠もないことだがクリスも無事だろう。

曲りなりにもあいつは勇者だ。神の加護はあるだろうしな。

俺はアイテムバッグを水上に出し、索敵眼鏡をかける。
敵の気配は——あぁ、これはなんだ？
なぜか、巨大な魔物の気配があり——その方角には——島があった。
島の上には建物が見え、周囲には舟が浮かんでいる。
「……あれが……海上都市？」
立ち泳ぎをしながら、俺はその町を見詰めていた。

三十四階層から落ちる途中も、私はタイミングを計っていました。
泳いで滝から脱出すると、水圧が重力へと変わり、自由落下が始まりました。
落ちている間も周囲を見回します。
迷宮の中とは思えない広い海です。ですが、十キロほど先には青い壁が見えました。
壁と天井に囲まれた海ですか。
そして、大きな島がふたつ見えました。町のような建造物もあります。
コーマさんと合流するなら、近いほうの島に行くべきでしょうね。
そう思い、着水地点を確認。すると、大きな船が見えました。
マストのない大きな船で、その周りを小さな手漕ぎボートが囲んでいます。

このままだと船にぶつかってしまう。そう思い、私は空《くう》を蹴りました。

昨日覚えた多段ジャンプのスキルを使う機会が来ました。

そして私は、小船とボートの間に、巨大な水柱を上げて落ちました。

「なんだ？　人が落ちてきたぞ」

声が上がった方向を見て、私はさっと手漕ぎボートへと上がり、アイテムバッグから剣を取り出しました。

頭にバンダナを巻いた男ふたりが私を見て、シミター風の剣を抜こうとしました。

私は咄嗟に剣のベルト部分だけを切り裂き、剣を引っかけて鞘ごと剣を海の中に沈めました。

「ひ、ひぃぃぃぃっ！」

「お、お助けぇぇぇっ！」

別に命を取るつもりはないんですが、戦意を喪失し、隠している武器もなさそうなので、私は小船から延びたロープを伝って大きな船へと移りました。

そこはすでに戦場となっていて、海賊風の男、先ほどのふたりの仲間と思われる人たちが、兵士と思われる人を囲んでいます。

そして、兵士たちの奥には女の子や商人風の男が縮こまっていました。落ちているときから確信していましたが、この船はいま、海賊に襲われているということでしょう。ならば、助太刀しないわけにはいきません。

「海賊たち！　私が相手です！　死にたくない人はすぐに海に飛び込みなさい！」

甲板の端で、そう叫んでみたんですが、海賊はこちらを向き、

「あぁ？　生意気な女だな。どこから湧いてきたか知らないが、お前から痛めつけてやる」

そう言って、シミターを抜いて私に襲いかかってきました。

大振りな攻撃。脇が甘くて隙だらけ。

それに――

「そんなに慌ててたら海に落ちますよ」

さっと横に避け、男の足を引っかけました。

「う、うわぁぁぁ」

男は簡単にバランスを崩して、海へと落ちていきます。

ついでに、上ってこられないようにロープは切っておきます。

「よくもガリレイを！　貴様っ！」

今度は別の男ふたりが切りかかってきましたが、私は片方のシミターを剣で受け止めると、それを受け流してもうひとりの男と衝突させました。

そして、ふたりを後ろから死なない程度に切りつけ、海へと落とします。

あと三人。

一番強いのは、右目に眼帯を着けた茶色いセミロングの髪の女性です。

その女性が私の剣に興味を持ったのか、

「おい、あんた。私と一騎打ちで勝負しないかい？」

そう言って、シミターを抜いてきました。

「……わかりました。ですが、手加減できるかわかりませんよ」

「ほざきな」

女性は鞘を収めると、腰を低くして、独特な構えを取ります。

あの構えは――抜刀術⁉

シミターで使う人は初めて見ましたが、間違いありません。

試合開始の鉦《かね》なんてありません。合図などなにもなく、彼女は私目がけて跳びかかってきました。

抜刀術の対処法――それは――

神速には神速。剣を抜く前に勝負をつけることです。

私もまた前に飛び出し、彼女が剣を抜く前にその手を突きました。

彼女の手の甲から血飛沫《しぶき》が飛びます。

「ぐっ……やるねぇ……」

彼女は後ろに飛び退き、私と距離を置きました。

「もう諦めなさい！　その手では剣は握れません！」

「そうだねぇ……」

そう言って、彼女は船室へと続く扉を横目で見ます。

すると、その扉が開かれ、男が出てきました。

「姉御、例の薬は手に入れやした！」

「でかした！　退くよ、野郎ども！」

「へい！」

そう言い、男たちは女性と一緒に海へと飛び込んでいきました。

なにかを盗まれた？　追おうかとも思いましたが――怪我をした兵士たちを見ると、放っておくことはできません。

「大丈夫ですか⁉　この薬を飲んでください」

コーマさんからポーションをいくつか預かってアイテムバッグに入れてあったので、私はそれらを一本ずつ、怪我をした兵士たちに渡しました。

「ありがとう……助かったよ。君はいったい……」

ポーションを渡し終えると、奥にいた商人風の男の人が私の前に来て、

「いやいや、助かりました。なんとお礼を言っていいのか」

「いえ、勇者として当然のことをしたまでです」

「勇者？　あなたはもしや地上から来られたのですか？」

「はい。冒険者ギルドのギルドマスターからの依頼で」

「なんと、冒険者ギルドの。申し遅れました。私は北のアイランドタートルの島長の店で働いております、サントと申します」

「クリスティーナです。クリスとお呼びください。ところで、私の連れが一緒にこのあたりに落ちてきたはずなのですが――」

「……上から落ちてきたといっても、このあたりの海流は速いからなぁ。とりあえず船員にはあたりを警戒するように言ってみますが」

「わかりました……では、お願いします」

コーマさんは、あの水中でも呼吸できるポーションを飲んでいたし、妙なアイテムを山ほど持っているから、平気だとは思いますけど、それでも、やっぱり心配ですね。


船で走ること十分後。

耳元が振動しました。

「あ、そうだ。これがあったんだ」

私は通信イヤリングを手に取りました。

離れた場所にいる人と会話ができるアイテムです。

「コーマさん！　無事ですか！」

『お、クリスも無事だったか』

コーマさんの声が聞こえてきました。よかった、無事のようです。

コーマさんの元気そうな声に、私は胸を撫で下ろしました。

『悪いが用事ができたんで、しばらくは別行動になるからな。じゃ！』

「ちょ、コーマさん！　コーマさん⁉」

通信が切れていました。

「もう、コーマさぁぁぁぁん！」

自分勝手な従者に、さすがの私も怒っていました。


海中で目を覚ました俺は、とりあえず近くの島に行くことにしたが、普通に泳ぐのは大変そうだ。

エラ呼吸ポーションもいつ効果が切れるかわからないし、確実に溺れないアイテムはないかと考えて、レシピを確認。すると、忍者が水の上を歩くために使っていたアイテムの名前を見つけた。

蜘蛛の足と蜘蛛の糸、木材を材料に作成。

そして、完成したアイテムがこれだ。

水蜘蛛【靴】　レア：★★
泥の上を歩くために作られた靴。水の上は移動できない。
名前に偽りありと、いつも苛められている。

って歩けないのかよっ！

そういえば、バラエティー番組でもお笑い芸人がよく使って沈んでたな。

ん？　いや、いま水蜘蛛ができたことで、レシピが追加された。

魔石を詰め込むってことは、魔道具になるのか？

水蜘蛛改【靴】　レア：★×五
水の上を、大地を踏み締めるように歩くことができる靴。
名前だけとはもういわせない。逆境に打ち勝った。

できたぁぁぁぁっ！

よくやった、水蜘蛛！　苛められながらも自分を信じた結果だな！

見た目は水蜘蛛と変わらない。とりあえず履いてみようと水蜘蛛改を海の中に沈めようとするが、沈む様子はまるでない。

そのため、片方の水蜘蛛改に体重をかけて足を水面に出して、もう片方の水蜘蛛改に右足をはめ込み、左足も水蜘蛛改にはめ込む。

恐る恐る重心を上げていくが、沈む様子はまるでない。

おぉ、本当に普通に立ってるな。

これなら歩いて島まで行くことができる。

そう思ったときだった。白い影が俺の足元に迫った。

「ちくしょう、なんで海の中にあんな奴がいるんだよ」

俺は全力で走る。

なにしろ、俺を襲ってきたのは海のギャングの鯱《シャチ》や鮫などではなく――白いワニだった。

下から襲われるのはつらい。人にとって一番つらいのは背後からや頭上からの攻撃ではなく、足元からの攻撃じゃないだろうかと思ってしまう。

とりあえず、逃げる、逃げる、逃げる。

力の神薬のお陰で、脚力には自信がある。これまで三十本飲んできたので、普通の人間の十七倍の筋力を持っているからな。

だが、白いワニを引き離すことはできなかった。普通のワニより遥かに速い。

それなら、力の妙薬を飲んで――と思ったところで、前方に小船が数艘見えた。

誰かが乗っているようで、ここで俺が逃げたら彼らが襲われてしまう。

ならば――

「乗せてくれぇぇぇっ！　ワニに襲われているんだ！」

俺はそう言うと、小船に飛び乗った。

「な、なんだ、貴様！　海の上を走ってきただろ」

男が言うが、俺は慌てて言う。

「だから、それどころじゃない。巻き込んですまないが、ワニが襲ってきたんだって」

「なに⁉　な、お前！　シーダイル⁉」

シーダイル？　海のワニ《シークロコダイル》だからシーダイルか。単純だな。

刹那――シーダイルが海の中から飛び出し、俺に食いかかってきた。

よし、いまならいける。
「《火炎球《ファイヤーボール》》！」
生み出された火の玉がシーダイルの口の中に入っていき、爆発した。
だが、それだけでは倒せない。
咄嗟にアイテムバッグから巨大な鉄の塊を取り出す。
本当にただの鉄の塊だ。それを盾代わりにする。
ワニはそれを噛み砕こうとしたが、当然そんなものに噛みついたらただでは済まない。
そして——
（アイテムクリエイト）
横にいる男たちに聞こえないように小声で呟く。
突如、鉄の塊が——

鉄菱【投擲】　レア：★★
鉄製の撒菱《マキビシ》。追手から逃げるために道にばら撒く。
持ち運びしにくいアイテムとしても有名。

トゲトゲが付いた無数の武器へと変わった。それに噛みついたものだから、シーダイルの口の中が大変なことになった。

そして、最後に俺はその口を押さえつけ、アイテムバッグから取り出したプラチナソードで一刺し。

のたうち回ったのち、シーダイルは絶命し、ワニ肉とワニ皮が残った。

「ふぅ、助かった……ありがとうな。俺はコーマ！」

「あんた、なんだ、いまのは――」

「いやぁ、あんたたちは命の恩人だよ。助かった、助かった。って、あれ？　そっちのあんた、背中に怪我をしているじゃないか。ちょうどポーションがあるんだ。使ってくれよ」

俺は横にいた男の手を握って握手を交わし、ポーションを渡した。

とりあえず、なし崩し的にアイテムクリエイトのことだけでもなかったことにしよう。アイテムバッグのことはばれてもいい。地上で普通に売っているアイテムだからな。

彼が背中を怪我しているのは、小船に飛び乗る前に確認していた。

「おい、あんた、これはいったい⁉」

「大丈夫、効き目は俺が保証するから！」

ニッと笑顔を浮かべ、親指を立てる俺。

怪しさＭＡＸな気もするが、男はじっと薬を見詰め、

「……このポーション、何本ある？」

「ああ、二十本ほど入ってる」

「そんなにか！　小さい鞄なのによく入るな」

男は驚くが、鞄の中にはポーションのほかに、アルティメットポーションが五十本ほど入っているし、解毒ポーション、解呪ポーションなど数種類のポーションが入っている。

男は怪訝そうな顔をしながらも、ポーションをごくりと飲んだ。

へぇ、てっきり怪しがって飲まないと思ったんだが。

でも、飲んでもらえたら助かる。

「不味いな……だが、背中の痛みが確かになくなった」

「だろ？」

「悪いが、あと三本ほどもらえないか？　仲間にも渡したいんだ」

「ああ、いいぞ」

そう言って、俺は三本のポーションを渡す。

男は小船を漕いでいき、もう一艘の船へと近付いた。

「見ていたよ。やるじゃないか、あんた」

「姉御、客人から上質の薬をもらった。効果は絶大だ」

「薬？」

姉御というのは、茶色い髪で眼帯をしている美人のお姉さんだった。

手の甲に切り傷がある。なるほど、さっきの男は自分が毒見をして、効果があれば彼女に薬を渡すつもりだったのか。

「お姉さん、その目は病気かなにかですか？」

「ああ、昔の古傷が原因でね……」

お姉さんは眼帯を外して見せてくれた。

隠れた部分の肉が紫色に変色し、目の部分が空洞になっている。

思ったよりひどい怪我だ。

「……じゃあ、これを飲んでみてください」

「それは？」

「目にいい薬です。勿論、手の傷にも効きますよ」

「目にいい薬か。痛みはほとんどないんだがね」

お姉さんはそう言って、俺の渡した薬を飲んだ。

手の甲の傷が見る見る塞がっていくのを見て、周りの男たちが感嘆の声を上げる。

「すげぇ……」

誰かが呟いた。

だが、一番驚いたのは、お姉さんのほうだろうな。

「………あんた、なにをした⁉」

「目にいい薬なんですが、効果がなかったですか」

「目にいい！　ふざけるんじゃないよっ！　なんだ、この薬！」

お姉さんの怒気とも取れる気迫に、周りの男が俺を睨みつける。なかには腰に携えた剣に手を伸ばす人もいるが、

「やめろ！」

お姉さんはそう言い放ち、再度自分の眼帯を握った。

そしてそれをむしり取るように外すと――綺麗な眼球が彼女の右目に復元されていた。

勿論、彼女に渡したのはポーションではなく、アルティメットポーションだ。相変わらず効果は抜群だな。俺、魔王とか勇者の従者とかやめて、薬師になったほうがいいかもしれない。どんな客にもアルティメットポーションしか出さないから、問題になりそうだけど。

お姉さんの目が治ったことに、男たちは驚きの声を上げた。なかには俺を神と勘違いしたのか、拝んでくる者までいる。

おいおい、神と間違えて魔王を拝むなんて、罰当たりにもほどがあるぞ。

「視力はどうですか？」

「あぁ、少しぼやけているが、だいぶいい」

「そのうち、もとに戻りますよ」

「本当に、あんたいったい、なんなんだい」

「とりあえず、あなたたちを捕まえにきた者ではない、とだけ言っておきますよ」

俺は笑って言うと、お姉さんは俺を睨みつけるように言う。

「あたいたちが海賊だって気付いてたのかい？」

「そりゃ、気付きますよ」

俺はそう言って、男たちが頭に巻いている赤いバンダナを見た。

海賊のバンダナ【帽子】　レア：★★
海賊が頭に巻く赤いバンダナ。素早さ小アップ。
海賊以外も使えるが、海賊に間違えられても知らないぞ。

自分たちは海賊です、と言っているようなもんだろ。

海賊のバンダナのほかにも似たようなバンダナがあり、盗賊のバンダナは茶色、山賊のバンダナは緑色で、どれも似たような効果がある。全部作成済み。

海賊のバンダナだけがやけに派手だが、海賊って奴らは海賊旗を掲げたりして、自分たちの恐ろしさをアピールするものだからな。

「とりあえず、俺は地上から来たばかりで、情報が欲しいんですよ。できれば裏の情報が」

そのためには、海賊からの情報というのは案外役立つものだと思っている。

恩を売ることにも成功したし、彼らが俺を邪険に扱うことはないだろう。

それにしても、男たちと彼女の手の甲の傷……。

詳しく聞くと、案の定、空から落ちてきた女剣士にやられたという。

クリスの無事を喜びながらも、俺は通信イヤリングを手に取った。

『コーマさん！　無事ですか！』

「お、クリスも無事だったか。悪いが用事ができたんで、しばらくは別行動になるからな。じゃ！」

『ちょ、コーマさん！　コ――』

クリスの奴、怒っているだろうなぁ。

通信イヤリングをオフにしながら、俺はクリスが怒ってる姿を想像して、少し笑ってしまった。


小船で移動すること一時間。手漕ぎボートかと思ったが、動力部分を見て違うとわかった。

魔動スクリュー【魔道具】　レア：★★★
船に取り付け、回転して船を加速させる推進装置。
じっと見ていると船酔いも加速します。燃料は魔石。

魔道具がすべての船に取り付けられていた。オンオフのレバーが付いている。

舵を取る機能はないので、回転させるときは一度停止しているらしく、さっき俺と出会ったときはその回転作業中だったようだ。

凄いなぁ、こんなのもあるのか。

ならば人手は必要ないだろうと、俺はゆっくり寝させてもらうことにした。

まぁ、寝込みを襲われる可能性も少しはあったので、いちおう警戒はしようと思ったけど、その心配はなかった。

ていうか、眠れなかった。

海賊のお姉さんの目を治療したことで神扱いされて、ずっと話しかけられて眠れなかった。

まぁ、予想通りというか、こいつら悪い奴らじゃないんだよな。

「あんたたち、なんで海賊なんてやっているんだ？」

「ん？　あぁ、これを手に入れるためだよ」

男たちが出したのは小瓶だった。

「実はこのあたりには風土病があってね、それに効果のある薬なんだよ」

「この薬は一部の人間が独占していてな、こうでもしないと手に入らないんだ」

「まぁ、一時的に病状を抑えるだけで、飲み続けないといけないんだがな」

そう言っているが、風土病という言葉に、疑問が浮かぶ。

薬瓶を鑑定したところ、それは病気を治す薬ではなかったから。

呪い抑止薬【薬】　レア：★★
呪いの進行を一時的に止める薬。効果は五日から十日。
効果が出ている間は、症状は治まっているように見える。

呪い抑止薬の効く病気ということも考えられるが、症状を見てみないとなんともいえないな。

解呪ポーションで治療できるかもしれないが、風土病ということは、病気を治してもすぐに再発するかもしれない。

それなら、むしろ抑止薬のほうが五日から十日の間は安全ということなので、いいのかもしれないな。

ちなみに、俺も呪い抑止薬は持っている。フリマで買ったことがあるし、自分でも作れる。

たぶん、俺が作ったら、最高品質のため十日分の効果は出るだろうが、当然根本的な解決にはならない。

「ところで、あたいたちに聞きたいことってなんだい？」

「あぁ、まぁ、一番気になっているのは、魔物だな。とんでもない魔物、伝承されているような魔物について知りたいんだが」

「魔物ねぇ。伝説級の魔物といったら、巨大亀がまずは一番だね」

「巨大亀？　それはどこにいるんだ？」

「あれと、あれ」

海賊のお姉さんが指さしたのは、ふたつの島だった。

って、それって——

「そう、この海にあるふたつの島は、実は巨大な亀なのさ」

「巨大亀の上に町があるっていうのか⁉」

漫画やアニメで、島だと思ったら亀の上だったたってネタはよくあるけど、そこに大勢の人が住んでいるのか。

　亀〇人《むてん〇うし》もびっくりだな。

「片方は死んでいて、片方は眠り続けている。私たちが行くのは、死んでいる巨大亀の背の上だ」

「え？　魔物って死んだら消滅するだろ？」

「あぁ、だが、魔物が死んでもアイテムは残る。そのアイテムこそが、我々の島、亀の甲羅なんだ。中に空気がたまっていて、沈むことはない」

　浮島なのか。頭と手足、尻尾を出すための穴は、完全に塞がれていて安全らしい。

「でも、なんでその魔物は死んだんだ？　寿命？」

「伝承では一角鯨に殺された、っていう話だけどね。それが事実かどうかはあたいにも、いいや、誰にもわからないよ」

「一角鯨……」

　そっちも調査対象だな。

　ギルドからの調査のひとつは、そういう魔物の調査だ。

　ルシファーがかつて竜としての姿で現れたように、魔王イコール強い魔物として認識されているのかもしれない。いや、むしろその逆か……。ギルドがそういう風に仕立て上げようとしている可能性もある。

「まぁ、俺もそのほうが、都合がいいんだがな」

「なにか言ったか？」

「いや、なんでもない」

そして、小船は進む。島が目前に迫っていた。

にしても、妙だな。

この島、魔物のドロップアイテムなのに、なんで鑑定眼で名前が見えないんだ？

まぁ、索敵眼鏡でも魔物の気配はないから、本当に死んでいるんだろうが。

「海賊なのに、堂々と港に停泊するのか？」

桟橋に停泊して小船を縄で固定しているお姉さんに尋ねた。

「このあたりに暮らす連中は全員仲間だよ」

「そうなのか？」

海賊の島なのかと思ったが、そうではないらしい。

島の北側には海賊とは縁のない人が多く住んでいる。

南側は浅瀬のため、大型船が入ってこられないのだろうか？

「そもそも、広い島じゃないからね。本気で攻めてくるなら、どこに隠れようとすぐに見つかるよ」

むしろ、開けた場所にいたほうが不意打ちされる心配はないと、彼女は言った。

「で、あんたはこれからどうするんだい？」

「あぁ、先にまだ聞きたいことがあるんだけど、この島には獣人は住んでいるか？」

「獣人？　あぁ、数は少ないがいるよ」

「そうか、実は俺の仲間を三人ほど、この島に呼んで休ませたいんだが、海から近くていい家ってあるかな？」

「仲間を呼ぶ？　構わないが、どうやって連れてくるんだい？　この場所には定期船はないよ？」

「あぁ、それは気にしないでくれたら助かる」

訝しげな目でお姉さんは俺を見てきたが、

「ま、あんたのことだ。なんか手段があるんだろうね。ついておいで。いまは使われていないが、いい場所があるよ」

お姉さんはほかの男たちに薬を運ぶように言うと、俺を案内してくれた。

俺は水蜘蛛改を足から外してアイテムバッグにしまい、彼女についていった。

小船の上からも見えていたが、住居はすべて木造なんだな。

まぁ、その理由はだいたいわかる。石が少ないんだろう。

亀の甲羅の上に土が積もってできた陸。掘っても石は出てこないのだろうが、木は生えている。

迷宮の天井や壁からの光で植物が育つというのは、俺も実験済みだしな。

飲み水はどうしているのか？　と聞いたら、なんでも亀の甲羅には海水の浄化作用があるらしく、島の中央から湧き水が出てくるらしい。

本当に、人が住むのに適した魔物なんだな。もしかしたら、人を住まわせて人数が増えたところで、海中に連れ込んで餌にする魔物だったのかもしれないけど。

「ここは自由に使ってくれていいよ」

「あ、あぁ……って、ここって海の家？」

「あぁ、海の見える家だよ」

いや、そういう意味じゃないんだけどな。

開放的な木造住宅。

あるのは複数のテーブルと椅子と厨房。

奥には扉の付いた部屋があり、おそらくそこで眠ることができるのだろう。

まさに海の家！

焼きそばやラーメンでも作って販売したい海の家だ。

扉を開けて中を見ると、ベッドが三つある、そこそこ広い部屋。

「まぁ、ちょうどいいな。ありがとう、お姉さん」

「あたいのことはメアリでいいよ」

「ああ。じゃあ、俺はコーマって呼んでくれていいよ」

「よし、コーマ。じゃあ、あたいはまたあとで来るから、いまは仲間を呼んでやんな」

そう言って、メアリは海の家を去った。

誰もいないのを確認して、俺はベッドの横の壁に持ち運び転移陣を貼る。

すると、転移陣が輝いた。

そして、転移陣からルシルが現れた——上下逆さまで。

「え？」「え？」

ルシルがベッドの上に倒れた。

上下逆さで倒れたので、あれが丸見えだった。
真っ白のあれが。

魔蜘蛛絹の下着【雑貨】　レア：★★★
魔蜘蛛の糸から作った布素材の下着。
ただの布きれと思うなかれ。はき心地がとてもいい。

白。白。白。そうか、白なのかぁ。蜘蛛の糸の下着？　それはなんともべたつきそうだなぁ。あ、でも考えてみれば、虫の糸が布になるのはよくある話だ。絹だって、考えてみれば蚕が吐いた糸だしなぁ。はき心地がとてもいいのかぁ、ふぅん。それに、蜘蛛の糸というだけあって、純白だな。ドレスは黒なのに純白だな。さて、俺は十六歳だ。思春期真っただ中といっても過言じゃない。そりゃ、エッチなことにも興味のあるお年頃といってもウソではない。だが、ルシルの見た目は十二歳くらい、最初にこの世界に来て出会ったルシルの下着なら興味はあるが、いまのルシルじゃなぁ。俺はロリコン属性は持ち合わせていない。別に見たからといってどうってこともないが、目の前にあるんだもんな。嫌でも目に入ってしまうよ。うん、本当は見たくもなんともないんだけどなぁ。でも、ルシルのはいている布きれの色は白なんだなぁ。彼女の性格からしたら、真っ黒だと思っていた。もしくは紫だ。でも、紫だったとしたら、その歳でなんてものはいてるんだよ！　と思うだろうからな。ならばむしろここは白でよかったというべきか。縞模様も水玉も捨てがたいが、やっぱりシンプルがいいな。と、話がそれてしまった。さて、俺がルシルのそれを見て興奮するか？ だったか？ 答えは否だ。そもそも、ルシルと俺の関係はそういうものじゃない。あいつが死ぬときは俺が死ぬとき、俺が死ぬときはルシルが解放されるとき。そういう関係だ。どういう因果か、俺が主でルシルが僕《しもべ》という関係になっているが、普通に考えたら俺はルシルに生かされている。俺はルシルの足枷《あしかせ》に過ぎない。俺はあいつの一部に過ぎないと思っている。なのに、そんな状態なのに、いまさら布きれ一枚を見たところで興奮するだろうか？ 確かに、ルシルは可愛い。最初に会ったときからそう思っている。だが、それが性的対象になるかといわれたら、また別の話だ。でも、あいつがあんな姿になったのも俺が原因だ。俺が原因で、ルシルの下着が誰にも見向きもされないものになったとしたら、俺はどうしたらいい？ そんなの許されることではない。絶対に許されない。ルシルの下着はもっと多くの人に愛でられるべきものだ。ならば、俺が愛でるしかない。俺が愛するしかない。だから、いまこそ断言しよう。俺はルシルの下着を見て、ルシルの下着を愛すると。すべての神と、すべての魔王に感謝し、俺は心の中でこう叫ぼう。

（パンチラ！　いや、パンモロキタァァァァァぁっ！）

と俺は理性的にルシルのパンツに興奮した。

「痛ぁぁぁっ！　ちょっとコーマ！　持ち運び転移陣、逆さに貼ったでしょ」

「え？　逆さとかあるのか？」

全然気付かなかった。

そうか、逆だったのか。そして、スカートを押さえて、彼女は恥ずかしそうに俺を睨みつけた。

「……コーマ、見たでしょ」

ルシルはスカートを押さえて言う。

「なにを？」

「その……スカートの中」

「はぁ？　なんで俺がそんなもの見なければいけないんだよ」

ばっちり見させてもらいましたけど。

文字数にして千文字くらいはゆっくり見させてもらいましたけど。

だって、見ないと失礼だという結論に達したんだし。

でもまぁ、見たと正直に言う俺ではないが。

「それより、ルシル、そこにいたら危ないんじゃないか？」

「え？」

再度転移陣が光り、今度はコメットちゃんが逆さに落ちてきた。

ルシルとぶつかり倒れてしまう。さて、コメットちゃん。もともと十五歳くらいだったんだけど、グーと一緒になって年齢が十三歳くらいになったんだが。

毛糸下着【雑貨】　レア：★★★
毛糸でできた下着。とても暖かい。
小さい子供がお腹を壊さないためにはく。

赤い毛糸パンツかぁ。なかなかマニア向けのものがきた。さて、俺がパンツすべてに興奮する人間だとでも思ったか？　そりゃ、コメットちゃんのパンツなら見られて嬉しいというのはあるけれど。でも俺の中じゃ、毛糸パンツはストライクゾーンより僅かに外れたボール球だ。興奮しように
も——え？　再度よく見る。めくれ上がったスカートの向こう、毛糸パンツの後ろ側。そこにあった。尻尾用の穴が。穴あきパンツだと⁉　これは想定外だ。やばい、俺はいま、明らかに想定していなかったパンツの形状に興奮している。え？　獣人って全員そうなのか？　全員そういうパンツをはいているのか？　獣人の村っていうのがあるとしたら、そこは穴あきパンツ天国なのか？　行ってみたい、獣人の村に。そして、世界中の穴あきパンツを集めてみせる。

アイテムコレクターとして！

「あの……コーマ様、もう少し見ていますか？」

「い、いや、悪い、コメットちゃん。大丈夫か？」

さすがに恥ずかしくなった。いや、コメットちゃん、見られたと思ったら隠してくれていいんだよ。まるで俺が変態みたいじゃないか。いや、たぶんいまこのときに関しては、俺は変態だった。コメットちゃんの下でルシルがぐだっと気絶しているが、まぁ、ルシルなら平気だろう。そう思ってコメットちゃんを助け起こそうとしたそのとき。

忘れていた。

持ち運び転移陣から出てくるのがもうひとり。

タラが現れ、自分が逆さになっているのを確認すると、すぐに体を反転。そして——俺の頭の上

に着地した。

「ん？　主？　そのようなところにいらっしゃったのか」

「俺に気付いたのならすぐにどけよ……タラ」

頭を踏みつけられ、俺は倒れ込んだ。

これは天罰なのかもしれないと、少し思った。

海賊から船を守った勇者として、私は島の領主の館へと案内されました。

通された部屋は食堂のようで、豪華な料理が並んでいました。

そういえば、朝ご飯を食べてからなにも食べていなかったことを思い出して、思わず口の中に唾液が広がります。

「はじめまして、領主のフリード・ガエンです」

恰幅のいい立派な髭の男性が私に頭を下げました。

「あなたが勇者クリスティーナ様ですか。お話は伺いました。皆を救ってくださったこと、心より感謝いたします。いやぁ、部下から話は聞いていましたが、なんともお美しい。この食事はあなた様のために用意させました」

「お心遣い感謝します。私はこのたび、地上、ラビスシティーの冒険者ギルドより命を受け、蒼の迷宮三十五階層における魔物の生体調査をするためにまいりました」

「ほう、魔物の調査ですか。あ、お座りください。食事をしながら話しましょう」

お言葉に甘えて、食事をいただくことにしました。

海の町ということで、並んでいるのは魚料理が多いようですが、野菜の種類も豊富です。ナイフとフォークで魚の身を切り分けて口に運びます。唐辛子の独特な辛味と香りが鼻を突き抜けますが、とても美味しいですね。

「野菜もこの島で取れたものなんですか？」

「ええ。島の北側に人工の浮島を用意して、そこで栽培しています」

「浮島……ですか……」

「海から蒸発した水は三十五階層の天井まで到達し、真水となって落ちてきます。その落ちる場所というのが決まっているため、そこに浮島を造ることで、水やりの必要がない農園ができ上がるのです」

風もなく雨も降らないうえ、気温の急激な変化もない迷宮の中で、被害が出るといえば魔物によるものくらいですが、浮島には魔物除けの護符が付けられているとか。

ただし、浮島の数はそれほど多くはないので、野菜の値段はどうしても高く、代用食として海草が食べられているようです。

「海の水が蒸発して……あれ？　じゃあ、三十四階層からこぼれてきているあの水は、どうやって上に戻っているんですか？」

「わかりません。ですが、水位は三十年前から変わっていないので、おそらく水の流れを保つ魔法道具かなにかがあるのでしょう。もしかしたら、ここより下、三十六階層に水が流れているのかもしれません」

「三十六階層ってあるんですか?」

「可能性だけですよ、可能性だけ。水深は一番深いところで三キロを超えているといわれています。誰も確認できませんよ」

「三キロ……ですか」

一瞬、コーマさんのエラ呼吸ポーションを飲めば確認できる距離ではないでしょうか? と思いましたが、あの不味い薬はできれば二度と飲みたくはないので、その考えを打ち消しました。

「ところで、魔物の話でしたな。この島そのものが眠っている魔物だというのは、すでにご存知で?」

「え? そうなんですか⁉ 魔物の上って危なくないですか?」

まったく気付きませんでした。

海岸とかがない島だなぁとは思っていましたが、ここが魔物の背中の上だなんて。

「大丈夫ですよ。我々の祖父の祖父のそのまた祖父の時代からこの土地に住んでいますが、この魔物が目を覚ましたことはありません。むしろ、この魔物のお陰でほかの魔物が近付かず、逆に小魚は安全な場所を求めてこのあたりにやってきて、いつも豊漁。この島は、島そのものが守り神のようなものなのです」

「なるほど、人と魔物の共生なんですね」

「ええ。そもそも、我々の先祖の冒険者の一団がこの島を発見しました。魚や植物が豊富なのに魔物もいないため、理想郷《ユートピア》と名付けて定住を始めたのが、この島の歴史の始まりです」

「理想郷《ユートピア》ですか」

それにしては、船が海賊に襲われたりしていて、平和とは程遠いような気がしましたが。

でもまぁ、魔物に襲われる心配がないということは大きいでしょうね。

小さい村などでは魔物対策も一苦労ですし、ラビスシティーでも、迷宮の入口でギルドの職員が、魔物が出てこられないようにいつも見張っています。

そういう意味では幸せなのかもしれません。

特に魔物との戦いに明け暮れた冒険者にとっては。

ですが――

「風土病が流行っていると伺いました。その原因はなんなのでしょう?」

「うむ、原因はわかりません。いちおう、当家に仕える錬金術師に特効薬の開発を急がせているのですが、いまできるのは症状を一時的に抑える薬のみ」

「そうなんですか」

私はグラスに注がれていた赤ワインを一口飲み、ナプキンで口を拭き、思いました。魚料理にはやっぱり白ワインのほうがいいな……と。そう考えたうえで、風土病についても考えようとしたんですが、まぁ、専門家が調べてもわからないことは、私が調べてもわかりませんよね。こういうときコーマさんがいたら、なにかいい薬があるかもしれないんですが。

「それで、実はクリスティーナ様にお願いがあるのです」

「お願いですか？」

「はい、実は海賊どもに大切な薬を奪われてしまいまして。あれがなければ、病気で苦しむ子供たちを救うことができません」

「病気で苦しむ子供たち？」

孤児院にいたアンちゃんの姿が目に浮かびました。コーマさんに病気を治してもらった彼女の喜び方を見て、私は勇者としての在り方を思い出しました。

「でも、どうして海賊は薬を盗んだんですか？　彼らも同じ病気に？」

「いえ、彼らの目的はおそらく薬の転売。我々は薬を平等に生産し、配っているのです。ですが金持ち連中は、薬がなくなることへの不安から、高値で薬を買い求める。そうなったとき、薬が手に入らずに悲しむのはいつも弱い立場の者」

「……………そんな」

許せません。人の命をお金に換えるなんて。

「わかりました。私に任せてください。必ず、海賊に盗まれた薬を取り戻してきます」

「おぉ、なんと、勇者様にそこまでしてもらうわけには――」

「なにを言うんですか。困っている人を助けてこそ勇者です！　任せてください」

そして、私は海賊の住む場所を教えてもらい、食堂を出ました。勿論、料理は残さずに完食、パンのおかわりももらいました。

勇者としてひとりで受ける最初のクエストです。

そもそも、あのときに海賊を逃がしたのは私の失態なんですから、海賊退治を引き受けるのは当然です。

さぁ、いざ、海賊退治の旅へ。

そう思ったとき、私の横に白いドレスを着た少女が駆け寄ってきました。

海賊に襲われた船に乗っていた少女です。私は商人さんとずっと会話していたので、彼女と話すことができませんでしたが。

確か、フリードさんの娘さんだったはずです。

「クリスティーナ様、こちらへ来てください」

「え？」

私は彼女に連れられ、通路の奥へと行きました。

そして、部屋に入ります。

小さな、ベッドとテーブルしかない部屋。最初に泊まったギルド直営の宿よりも、さらに狭い感じです。

「あの、ここは？」

「私の部屋です」

「え、でもあなたは、フリードさんの娘さんなのですよね？」

それなら、もっといい部屋が割り当てられていても、おかしくないと思うのですが。

「私の名前はランダ。ランダ・ガエン。フリード・ガエンの養女で、そして人質に過ぎません」

「人質？」

思いも寄らぬ物騒な言葉に、私は眉をひそめました。

「お願いです、クリスティーナ様。フリードによって閉じ込められた姉さんを……マユ姉さんを助けてください」

え？　思わぬきな臭い展開に、私の頭の処理能力はとうに限界を超えていました。


さて、なにごともなく、ルシル、コメットちゃん、タラを呼ぶことに成功した。

ルシルが怒っているが……、コメットちゃんは顔を赤らめているが……、俺の左頬が赤く腫れ上がっているが……、それはそれは、なにごともなかった。

「これが海の香りですか……不思議な感じですね」

コメットちゃんが鼻をピクつかせて言う。

部屋の中にはまだ海の香りは届いていないと思ったが。コボルトとしての嗅覚が残っているのだろうな。

「迷宮の中だから、風が吹かないのが残念だけどな」

俺はそう言って、休憩室の扉を開けた。

ルシルを先頭に、コメットちゃん、タラが外に出てきた。

そして――

「……うわぁぁぁぁぁぁ」

広がる海を見て、ルシルが感動に打ち震えていた。

コメットちゃんも同じようだが、タラだけはきょとんとした顔で海を見詰めていた。

タラには感動の心はないのか。

「凄い、コーマ、水浸しよ！　コーマを召喚したときに見た湖も凄かったけど、ここの比じゃないわね！」

「床上浸水して掃除が大変だと思う、主婦のような感想を言うな！」

「あたりがビショビショよ」

「もっと表現がおかしくなった。通り雨に降られて濡れ鼠になったような感想だな」

「コメットちゃんとタラは濡れ鼠じゃなくて濡れ犬ね」

確かに……人化していなかったら、全身を震わせて水を飛ばすふたりの姿が容易に想像できる。

「ところで、泳ぐか？　いちおう水着は作ったが」

「水着？」

「あぁ、泳ぎに適した服だ」

そう言って、俺は三人分の水着を取り出す。四人でこの場所に来ると決まった日の夜、徹夜で作ったアイテムのひとつだ。

「えっ、コーマ様、それ、まるで下着みたいですが」

「俺の世界じゃ普通の水着だぞ？」

普通のビキニタイプの水着だ。

さすがにTバックタイプだったりヒモパンだったりは、コメットちゃんにははかせられない。

頼んだら彼女なら絶対にはいてくれる。でも、そんなの無理やりはかせるようなら、俺は魔王じゃなくて小悪党に成り下がる。

うん、頼むときは彼女がもっとノーと言える日本人になってからだ。日本人じゃないけど。

「私のはこれ？　いいわね、黒くていいデザイン。コメットちゃんより露出も少ないし」

コメットちゃんの水着を見て、ルシルは安心して休憩室に入っていく。

コメットちゃんもルシルのあとについていき、扉が閉められた。

鍵がかかる音が聞こえる。

あ、タラの水着は普通にブリーフタイプの水着な。

俺はトランクスタイプ。ちなみに、すべての水着は【レア：★★】の通常アイテム。いつか、ビキニアーマーとか作ってみたいと思うが、ああいうのが似合いそうなクリスは、いまはいないしな。

「じゃあ、俺たちはここで着替えるか」

俺が言うと、タラは頷き、毛皮のズボンに手をかけた。

……タラって、いまの姿は美少女のような美少年なんだよな。

いつも上半身裸なので、女の子と間違うことはまずないのだが。

それでもこうしてズボンを下ろすと、タラが男だと再認識――

うん、しばらくタラのことは、タラ兄さんと呼ばないといけない気がしてきた。

いったい、そんな大剣、どこに隠し持っていたんだよ。

タラとしてでかいのか、ゴーリキとしてでかいのか、それともふたりともでかいのか。

くそっ、大きければいいってもんじゃないぞ。

着替え終わってもルシルたちが出てくる様子はないので、俺は浮き輪を膨らませることにした。

タラに泳げるか？　と聞いたら、湖を三日かけて泳いで横断したことがあるということなので、問題ないだろう。

それはタラとしてか？　ゴーリキとしてか？　と聞きたかったが、まぁ、後者だろうな。

人間だった頃から、人間の規格を完全に無視していたらしい。

ルシルはイメージ的には、泳ぐのは苦手そうだ。

コメットちゃんはわからないなぁ。犬掻きとかは得意そうだけど。

浮き輪を膨らまし終えた頃、封じられた天岩戸が開いた。

最初に出てきたのはコメットちゃんだった。

うぉ、タラがどこかになにを隠していたように、コメットちゃんも着痩せするタイプだったのかな。

出るところがそこそこ出ている。普通にCカップはあるんじゃないだろうか？

くそ、鑑定スキルがアイテム限定なのがつらいぜ。

「あ……あの、似合ってますか」

「コメットちゃん！　一周ぐるっとその場でゆっくり回ってくれないか？」

「え？　あ、はい」

そう言い、コメットちゃんはゆっくりと回る。

「ストップゥゥっ！」

俺はそこで止めた。

うわ、尻尾の付け根あたりが膨らんで、尻尾の先が水着から出ている。

やべぇ、凄くもふもふしたい、あの尻尾。

「あ、あの、コーマ様、やっぱり尻尾の部分、穴開けたほうがよかったですか？　コーマ様からいただいたものに穴を開けることができなくて」

「いや、グッジョブだ、コメットちゃん！」

俺が涙を流して親指を立てる。

異世界に召喚されてよかった。

ありがとう、ルシル、召喚してくれて。

「コーマ、なんで泣いてるのよ」

「おう、ルシルも着替え終わったか。いやぁ、ルシルも想像通りよく似合って……ぶふっ……いや、よく似合っているぞ、るしる……ぶはっ」

やば、思ったよりツボに入った。

だって、ルシルの水着……スクール水着だしな。

しかも、名札付き。

【4－2　るしるちゃん】

と白い布に油性マジックで書かれている。やばい、想像以上に似合っている。

「どうしたの？　もしかして私の水着姿に興奮してる？」

ルシルはニヤニヤと笑って俺を見てきた。あぁ、ある意味お前のその姿に興奮しているんだがな。

言わないよ、せっかく気に入ってくれたんだし。

「じゃあ、海に入るか。とはいえ、砂浜はないから、水に入るといきなり底のない状態になる。コメットちゃん、泳ぎの経験は？」

「ありません」

「ルシルは？」

「ないわ」

ない胸を張って自信満々に言った。

浮き輪を用意して正解だな。

「じゃあ、浮き輪を渡すから、それを着けて離さないようにな」

こうして、俺たちはそれから、海で泳いだ。

楽しい時間はあっという間に過ぎていく。

そして……。

「おおい、コーマ！」

「あ、メアリ！　いい物件ありがとう」

俺は海の中から手を振って答える。

「気にすんな！　そいつらがあんたの仲間か？」

問われたので、俺は三人を紹介、コメットちゃんに関しては「グー」の名前で紹介した。

今後、メアリがクリスに会ったときに、コメットちゃんがいたとか話されたら困るからな。

「村を案内したいんだ。ついてきてくれないか」

「わかった。じゃあ、タラ、ふたりをよろしく頼む」

そう言い、俺はタオルで体を拭くと家の裏手で着替えて、メアリと一緒に村へと向かった。

メアリを見るコメットちゃんの目が少し厳しそうだったのは……気のせいだと思いたい。

亀の甲羅の上にある海賊の村といっても、普通の村と変わりない。畑で野菜を育てる人たちがいて、初めて会う子供たちが手を振ってきたので、俺とメアリは手を振り返した。

長閑な村だな。

風土病が流行っているとは思えない。


そう思った。

それが間違いであることはわかっているはずなのに。

それが間違いなら、わざわざ危険を冒してまで薬を取りにいく必要はないだろうに。

メアリに案内された場所は、病床だった。

彼女が住んでいると言っていた一番大きな家。

そこは全体が病床になっていた。

五十人は寝ている。

全員が寝込み……顔に青い斑点が浮かび上がっており、臭いが……くさい。

糞尿の臭いが部屋に立ち込めている。

込み上げてくるものを感じ、嘔吐しそうになる。

「まぁ……これがこの島の現状さ」

そう言って、メアリは眠っていたお爺さんの体の向きを変えてあげる。

寝返りを打つことさえ自分でできない状態だと、メアリは言った。

「なぁ、さっき薬を手に入れたんだろ？　なんで使わないんだよ」

「さっきの薬の本数を見ただろ。全員分には足りないのさ。残念だけど、薬は子供をはじめ働ける人に優先して渡されているし、効果は一時的だからね。予備も置いておかないといけないから」

「そうか、呪い抑止薬だもんな……せめて呪いを解くポーションならいいんだろうが」

「は？　呪い抑止薬？　なにを言ってるんだい？」

ん？　こいつら、本当にあの薬がなにかわかっていないのか？

俺はアイテムバッグから眼鏡を取り出す。

「なんだい？　その変な眼鏡は……」

「……あぁ、やっぱり変だよな、これはさすがに」

眼鏡のレンズの部分が渦を巻いている、ぐるぐる眼鏡だ。

診察眼鏡【魔道具】　レア：★★★★
対象の状態異常、病状、ＨＰ、ＭＰの残量を確認できる眼鏡。
これさえあれば、誤診に悩まされる心配もなくなります。

便利な眼鏡だ。ダサイけど。

ちなみに、俺の現状は【ＨＰ７８０／７８０　ＭＰ１０８／１０８】

普通の人のＨＰが８０前後なので、俺のＨＰは異常に高いことになる。

力の神薬を飲んだ効果だろう。

それで、俺はお爺さんの様子を見る。

【ＨＰ３／６２　ＭＰ４／４　亀呪】

亀の呪い？

なんで……そんなものが。

「あんたならこの病状もなんとかなるんじゃないか？　と思って呼んだんだが」

「薬がない」

アルティメットポーションをすべて出せば全員助けられるかもしれないが、それはしない。

この呪いが風土病だというのなら、クリスやルシル、コメットちゃんにタラも同じ病気になるかもしれない。

四人のために薬は取っておきたい。

正直、四人のなかでは一番優先順位の低いクリスであっても、彼女ひとりとここにいる五十人の命なら、俺はクリスの命を選ぶ。

「原因がわからない。亀の呪いってなんだ？」

亀といったら、この島のことか？

死体の上に村を造ったから怒ったのか？

「……亀の呪いだって？」

「ああ、こいつらの病状はそう診断された」

俺が言うと、メアリはなにか考え込む。そして、俺を見て礼を言った。

「……ありがとうね、あんたに来てもらって正解だったよ」

「メアリ、お前、なにか心当たりがあるのかっ⁉」

俺が尋ねるが、メアリはなにも言わずに立ち去った。

そして、俺はもう一度部屋を見回す。

何人かの人が看護しているが、全員長くは持たない。俺以外に助けられる人間がいない、というのはおこがましいだろう。もしかしたら突然、それこそ勇者が現れて、呪いを切り裂いてくれるかもしれない。

でも、俺は魔王だ。魔王なら魔王らしく、アイテムマスターならアイテムマスターらしくやってやろうじゃないか。さっきも考えたが、アルティメットポーションを配るのはなしだ。

そもそも、ここでアルティメットポーションを配っても、呪いの元凶が残る限り、病気が再発しないとも限らない。ならば、俺ができること。そんなの、解呪ポーションの量産に決まっている。

材料は、綺麗な水、薬草、解呪草。

これらを大量に用意しないといけない。

綺麗な水は、この亀の島の頂から湧き出ているという。

そこから蒸留水を作り、薬草と一緒にポーションを作成。

解呪草と合わせることで、解呪ポーションができ上がる。

となれば、まずは薬草と解呪草の大量生産に取りかからないとな。

それと、俺以外にも解呪ポーションを作る人間を用意しないといけない。

問題が山積みだ。チクショウ。

でも、やると決めたからには、やってやる。

俺は病床を出ていくと、海の家に戻り、休憩して料理の準備をしているコメットちゃんに「ちょっと用事ができた」と言って、休憩室の持ち運び転移陣から転移石を使って地上へと戻った。

地上も現在は昼のようで、少し安心した。迷宮の中だと時間がわからないからな。

一瞬で地上に戻った俺は、名前は聞いていたが俺自身は一度も入ったことのない店へと入っていく。

「いらっしゃいませ。おや、これはコーマ様、いつもありがとうございます」

「こんにちは、セバシさん」

ここは、かつてメイベルやコメットちゃんたちがいた、奴隷商の店だ。

挨拶をすると、セバシに奥の応接室へと案内された。

「今日はどのようなご用でしょうか?」

「奴隷を買いたい。直接見て選びたい」

「なにか条件はおありでしょうか?」

「特にない。男でも女でもいい」

「かしこまりました」

そして、俺はスキル眼鏡を着用する。とあるスキルを持っている奴隷を探すために。

セバシは俺が眼鏡をかけても表情ひとつ変えなかった。さすがは商売人。クリスも少しは見習ってほしい。

「ちょうどいまは皆勉強中ですので、少し遠いですが、こちらへどうぞ」

店の外に案内されて、俺はついていく。

「勉強もしているんですか?」

「ええ。奴隷でも文字が書ける者と書けない者、計算ができる者とできない者では、価格が大きく異なります。そのため当館では、奴隷には基礎教育から経営学、建築学、戦闘術などを学ばせるのです」

「戦闘術までか」

まぁ、強くなったからといって、隷属の首輪がある限り裏切ることはないだろうな。

「ちなみに、ヴリーヴァは経営学の講師をしていました」

ヴリーヴァは、メイベルのファミリーネームだ。彼女なら確かにいい先生だっただろうなと納得する。そして五分ほど歩き、大きな建物へと案内された。

「どうぞお入りください」

「あぁ、勉強の邪魔をするのもなんだし、できれば教室の後ろから見たいんだが」

セバシは快く受け入れてくれた。

そして、後ろから俺は奴隷たちのスキルを確認する。

ほとんどの者はスキルを持っていない。

最初に案内されたのは基礎教育の教室だった。ただ、なかには「料理」や「鑑定」といったよくあるスキルから、「邪槍」「身体強化」などという戦闘系のスキル、「スリ」「口八丁」といったちょっと危ないスキルまである。だが、目的のスキルがなかなか見つからない。

「次は経営学の教室へまいりましょう」

「ええ、お願いします」

と歩いていこうとして、掃除をしている十二歳くらいの、帽子を被った男の子に目がいった。

そのスキルは【錬金術レベル1】。

いた！　目的の人物が。

「セバシさん、あの子は？」

「三カ月ほど前に入ってきた犯罪奴隷のクルトです」

「犯罪奴隷？」

「はい、親を殺した罪で奴隷落ちしました」

「……親を」

さすがにそんな危ない子だと、買うことが躊躇《ためら》われるな。

「彼は悪くないんです。あの子は父親から虐待を受けていまして、ある日、それが嫌で父親をはねのけたところ、父親が頭を柱に打ちつけたのです。本来は親殺しは死刑なのですが、そうした事情を鑑み、奴隷落ちに減刑されました」

いまは、掃除や料理などの基本的なことから学ばせている最中だという。

掃除も、環境によって仕方が変わるらしいからな。正しい掃除というものは毎日の積み重ねで身に付くものではなく、専門的に研究したり学んだりしてこそ身に付くものらしい。

「……いい子なのか？」

「ええ、よく働いてくれています」

そうか、とりあえずキープだな。そして俺はセバシに案内され、次の教室へと向かった。

結局、錬金術のスキルを持っている奴隷は、さっき会ったクルトという男の子しかいなかった。

セバシに、クルトと会わせてもらえるように頼む。しばらくして、クルトがやってきた。帽子を取っており、青く短い髪を確認できた。女の子といわれてもおかしくない顔をしているが、セバシにも確認を取ったが性別は男。

タラとコンビを組ませて、男の娘《こ》アイドルとして売り出せそうな気がする。青い髪と紫の髪の異色アイドル男の娘コンビか。この世界で男の娘の需要があるかどうかは不明だけど。

「はじめまして、俺はコーマ。君と話がしたい」

「クルトです。お声をかけてくださり、ありがとうございます」

あまり嬉しそうではない表情でクルトは頭を下げる。やっぱり奴隷として誰かに買われるのは嫌なのだろうか？

「君はどのような仕事をしたい？」

「コーマ様はすでにご存知かと思いますが、僕は父を殺した罪で奴隷となりました。罪を償うために、できる限り過酷な仕事をしたいと思っています」

「セバシさんにも聞いたが、君の罪はそれほどひどいものではない。事故のようなものだったと聞いている」

「それでも、僕は願ったことがあります。父が死ねば楽になるのでは？　そう思ってしまった。父が死んだのは、僕の弱い心に悪魔が入り込んだのが原因です」

悪魔のせいにしている、というわけではない。魔が差した理由は自分の心の弱さにある、そう言っているんだ。

「そうか、過酷な仕事がしたいのか。なら、君を買おう。セバシさん、彼を買うにはいくら払えばいいんです？」

「金貨二枚です」

かなり安いな。

「コーマ様は犯罪奴隷を買うのは初めてでしたよね？　犯罪奴隷について説明は必要でしょうか？」

俺が頼むと、セバシが犯罪奴隷について教えてくれた。

犯罪奴隷は罪を犯した者がなるため、解放することは不可能。

半年に一度、もしくは役場から出頭命令があったときには、役場に行かせないといけない。

もしも逃がしてしまった場合に、犯罪奴隷がなにか問題を起こせば主人にも処罰が下るが、隷属の首輪の効果で主人には絶対服従のため、問題はそれほど起こらないという。

そのほかは借金奴隷と同じようだ。見た目にも区別がつかないようになっている。

説明を聞き終え、俺はクルトの主人となった。

もう夕方だ。

「セバシさん、クルトの夕食はもう終わっているんですか？」

「いえ、まだです」

「そっか。じゃあ、クルト、飯食いにいこう」

「食事……僕はまだなにも働いていません。働く前に食事をいただくというのは」

「じゃあ、最初の命令だ。飯食いにいくから、一緒に飯を食うぞ」

そのあとも、クルトは俺の横を歩くのを拒み後ろをついて歩くと言ったり、荷物を持とうとしたり、奴隷として振る舞おうと一生懸命だった。

どうも慣れないなぁ。

しばらく歩き、俺たちは迷宮の十階層へ行く転移陣に着いた。

クルトはなにも尋ねてこない。

「なぁ、クルト。疑問は口にしていいんだぞ。食事にいくと言って迷宮へ行くのは絶対におかしいだろ?」

「いえ、ご主人様にはなにか考えがあってのことだと思っております。僕はご主人様に従うまでです」

どうもやりづらい。

こいつ、俺がボケても笑いもせず、真剣に考察して的外れな行動をするタイプだな。

ボケ殺しのクルトと名付けようか。

いや、そんなこと言ったら、「素敵な名前をいただきありがとうございます」とか言いそうだな。

「ま、ついてこい……、俺の手を離すなよ」

そして、俺たちは転移石を使い、海の家の休憩室へと移動した。

勿論、持ち運び転移陣は上下を反転し、正しく貼り換えておいたので、頭からベッドに落ちる心配はない。

「……お、クルトもさすがに驚いたな。ここは蒼の迷宮の三十五階層だ」

そう言い、俺は休憩室の扉を開けた。

海の家が――悲惨なことになっていた。

テーブルが三つ壊れ、椅子が木片に姿を変えていた。

床には大きな穴が開いている。

それだけ悲惨な状態なのに、ルシルたちは全員無事のようだ。

「………なにがあった？　まさか、海賊退治の一団に襲われたのか？」

「あ……あの、コーマ様、ルシルさんを怒らないでください」

コメットちゃんがおずおずと手を上げた。

「よし、わかったよ、コメットちゃん……」

そうかそうか、つまりはルシルが原因か。

なら、理由はひとつしかないな。

「ルシル、お前料理したな！！！！！！！！！！！！！！！！！！！！！！！ｉ！！！！」

もう怒りすぎてエクスクラメーション・マークの羅列になっている。

エクスクラメーション・マークが多すぎて、ひとつは上下反転して小文字のｉになるくらい、俺は怒っていた。

「あ……あの、コーマ様、私が悪いんです。ルシルさんは、料理をしたらコーマ様に怒られるとおっしゃっていたんですけど、それなら魚を焼くだけ、とお願いしたんです」

「魚を焼くだけ？」

そういえば、俺が用意した七輪があったな。

あれで魚を焼くだけなら問題ないとは、俺も思う。

「はい、七輪を使って火を熾《おこ》すまでは私がしたので、あとは魚を乗せて塩を振るだけとお願いしたんですが」

「それで間違えて火薬を振ったとか、間違えて魔力の粉を振ったとかか？」

「いえ、間違いなく塩を振ったんです。なのに、どうしてか、死んでいるはずの魚が生き返って巨大化、さんざん暴れ回って海へと帰っていきました」

それはさすがに想定外だ。

料理が下手とか上手とかの問題じゃないだろ。

料理をすると魔物を作り出す呪いでも、かけられているんじゃないか？

解呪ポーションでも治せない、たちの悪い呪いを。

「……コーマ……ごめんね」

ルシルは上目遣いで俺に謝った。

こいつも反省しているんだな。

魔物を生み出すのはルシルの料理が下手なだけかと思っていたが、原因はそうじゃないんだな。

「ルシル、いままで料理をするな、とか言って悪かったよ」

こうなったら自分の非を認めるしかない。

「お前は食材に一切触るな！」

「コーマひどい！　こんなに反省しているのに！」

「反省ならクリスでもできるわ！」

怒鳴りつけながら、俺は木片となった椅子に「アイテムクリエイト」と唱え、椅子を復元。

最初にあった椅子よりいいものができ上がった。

同様に机も一度木片にばらしてから作り直す。

床はとりあえず、万能粘土で塞いでおいた。

あとで木の板でも乗せないとな。

「……おっと、忘れていた。おおい、クルト！」

「ご主人様！」

クルトはなぜか感動して頭を下げた。

「僕をこのような過酷な環境で働かせてくださり、ありがとうございます！」

過酷な環境？

なに言ってるんだ、こいつ？


こんなの俺の日常に過ぎないぞ！

（…………はぁ）

自分で思ってて、とても悲しくなった。

第三章　光と闇が交差する海の家のカレー

結局、コメットちゃんが用意していた夕食は、突如現れた焼き魚の魔物によって全部食べられてしまったため、俺が急遽アイテムクリエイトで作成した。

牛乳からチーズを作り、小麦粉、チーズ、トマト、干し肉からピザを二枚作成した。

大人数で食べるなら、こういうもののほうがいいよな。八等分に切って並べる。

そして、その中の一枚に赤い液体を大量に振りかけた。

トマトソースと同じ色なので、見た目だけでは区別できない。

飲み物は、水と砂糖とレモンを使い、炭酸レモン水を作った。

本当はコーラが飲みたいんだけどな。材料が足りないのか、コーラという飲み物がこの世界にないのか（おそらく後者だろう）、レシピは表示されなかった。

「クルトも遠慮なく食え！　命令だ！」

「は、はい！」

放っておいたら、「こんないい匂いのする食べ物、僕が食べていいわけがありません」と言い出しそうなので、命令をした。ルシルも普段はお菓子ばかり食べているんだが、ピザに興味を持ったのか、一緒になって食事をしていた。

「あ、これ面白い」

伸びるチーズの感触に、ルシルはご満悦。コメットちゃんとタラも美味しいと言って食べてくれた。そして、炭酸レモン水を飲んだときの反応は予想通り。

「あ、口の中がパチパチする。面白いわね」

とルシル。思わぬ感触にこちらも楽しそうだ。一気に飲み干して、小さいゲップをした。もっと上品にしろよ。

「ひっ……ひっ……吃逆《しゃっくり》がひっ……止まりひっ」

とコメットちゃん。あぁ、いるよな、炭酸を飲むと吃逆が出る人。

「これは水割りの水の代わりに入れたらよいのでは」

と、早くも炭酸割りを発案したタラ。いまは未成年だから酒は飲むなよ。

そんな感じで俺たちはピザパーティーを楽しんだのだが、クルトだけは例外のようで、とてもつらそうだ。

「クルト、どうした？　まさか、俺が一枚だけ仕込んだ激辛タバスコピザを――」

「きゃぁぁぁぁぁぁぁぁぁ！　水、水！」

「――食べたのはルシルのようだが、どうした？　口に合わなかったのか」

「い、いえ、こんなに美味しいもの、生まれて初めて食べました」

好きじゃない食べ物を無理して美味しいと言っている。その可能性もあった。

だが、そうではなさそうだ。

「うぅ……コーマ、一枚だけものすごい辛いのがあったの。なんなの、あれ。あれが料理なの？」

ルシルが涙目で水を飲みながら言う。

「お前が料理を語るなよ」

「それにしても、コーマの連れてきた子、本当にコーマそっくりね」

ルシルは、クルトには聞こえないくらいの小さな声で話しはじめた。

「は？」

クルトが俺そっくり？

「コーマは自分の命と私の命、どっちを優先する？」

「あぁ？　そんなの決まっているだろ」

考えるまでもない、と俺は即答した。

「お前の命に決まっている」

「……まぁ、コーマはそう言うわよね」

ルシルは嘆息した。

勿論だ。俺はルシルのために生きると、あの日あのとき心に誓った。

その気持ちは決して変わっていないし、これからも揺るがない。

「コーマから事情を聞いたときに思ったんだけど、あの子、自分の命よりも父親の命のほうが優先順位が高かったんだと思う」

「………まぁ、そんな感じだな」

たとえ殴ってこようとも親は親。素直ないい子であればこそ、そこは絶対に変わることはない。

なのに、それなのに親を殺してしまい、彼は死罪すら与えられず生きることを選ばされた。

もしも――絶対にあってはならないとはいえ、ルシルが俺よりも先に死に、俺がなにごともなく生き長らえたら。

俺は自害することはできないだろう。ルシルがそれを望まないから。

でも、俺は自分自身を許すことができないまま、生きていくことになる。

ならば、自分を罰してくれる人を待つかもしれない。

クルトにとって、その人が俺だったのか。

でも、そんな生き方つらすぎるだろ。

「クルト、飯を食い終わったら、すぐに仕事に取りかかるぞ」

俺はクルトが食べ終わったのを確認して言う。

「はい、すでに食事は終わりました。後片付けをいたします」

「あぁ、後片付けはコメットちゃんとタラに任せていいかな?」

「しかし……」

片付けは自分の仕事であることを主張しようとしたクルトだったが、

「クルトくん、首輪はしていませんが、私もコーマ様にお仕えしているんです。なので、片付けは任せてください」

「そういうことだ。主曰く、クルト殿しかできない仕事があるとのこと。雑務は某たちに任せよ」

「……わかりました。お願いします」

うんうん、コメットちゃんもタラもいい先輩だな。

そして、俺は空いているテーブルで作業を開始することにした。

まずは診察眼鏡でクルトを調べる。

【HP89／89　MP32／32　隷属】

奴隷の首輪をしていると、隷属という状態異常になるのは知っていた。

装備による状態異常なので、薬を飲んでも回復できない。

これから錬金術スキルのレベル上げを行う。

錬金術とは、アイテムからアイテムを作り出すスキル。たとえば、薬草と蒸留水からポーションを作る、みたいな感じだ。それはアイテムクリエイトとあまり変わらない。

アイテムクリエイトとの違いは以下の通り。
・アイテムによって作成時間が異なる。
・アイテムを作成するにはレシピを修得する必要がある。
・錬金術レベルが低いと作れないアイテムがある。
・MPを消費する。
の四点だ。錬金術師のフリをする必要もあるだろうと思っていたので、錬金術についてはいろいろと調べてある。

ちなみにレシピだが、白紙スクロールから作ることができ、レシピの内容によってレア度が変化する。

レシピ（レベル1）【巻物】　レア：★
錬金術のスキルを持つ者が読むと、特定のレシピを覚えることができる。
読み終わると、白紙スクロールに姿を変える。レベル1のレシピ。

レベル1、つまり錬金術レベル1でも、覚えて作ることのできるレシピということだ。

これで覚えたレシピアイテムを作成したら経験値がたまっていき、レベルが上がる。

レシピの内容は蒸留水。

材料は、ほぼ無限に近い量がある。

なぜなら、蒸留水は水、海水だけでなく、作成した蒸留水を材料にして、さらに純度の高い蒸留水を作ることができる。

錬金術のレベル上げにはもってこいらしい。

「よし、クルト。バケツに海水を汲んでこい」

「はい、わかりました」

クルトはダッシュでバケツを持って走り、海水のいっぱい入ったバケツを持って帰ってきた。

「別にそんなに急がなくてもいいから。じゃあ、これを読め」

俺はクルトにレシピを渡した。

「……申し訳ありません、僕はまだ文字を学んでいなくて」

そういえば、クルトは基礎勉強を受ける前の奴隷だったな。

でも、レシピは確か文字の意味とかは関係なかったはずだ。

「いいから見ろ。内容なんて気にしなくていいから」

「わ、わかりました」

見ること三分。レシピの文字が消えたとクルトが言ったので、成功のようだ。

「ご主人様、文字が――」

「それについてはあとで説明する。これからクルトには、海水から蒸留水を作ってもらう。手をバケツの上にかざし、アルケミー！　と叫ぶんだ」

「…………わかりました。アルケミー！　アルケミー！」

声が響いた。

クルトの大声に、ルシル、コメットちゃん、タラの注目も集まるなか――それはできた。

クルトの手のひらから水滴が一粒。

……汗じゃないよな？

診察眼鏡で確認すると、

【HP89／89　MP17／32　隷属】

おぉ、しっかりMPが減っている。

ということは成功しているのか。

「よし、クルト、成功だ！　もう一度やってみろ」

「は、はい！　アルケミー！」

先ほどより控えめな声だが、やはりクルトの手のひらから水滴が零れ落ちた。

【HP89／89　MP2／32　隷属　MP枯渇】

新たな状態異常が現れた。

確か、MP枯渇状態で魔法を使えばHPが減るんだったかな。

HPが減っていなくても、脱水症状を起こしたみたいにふらつき状態になるはず。

「よし、よくやった。次はこれを飲め。不味いが我慢しろ」

「はい」

マナポーション【薬品】　レア：★★
MPを小回復する青色の薬。魔術師の必需品。
ちょっと不味いのはご愛嬌。

俺も飲んだことがあるが、そこそこ不味い。

でも、クルトは躊躇せずに飲み干した。

さすがは、過酷な環境に身を置きたがる少年だな。

「よし、じゃあもう一度、アルケミーだ！」

「はい！　アルケミー！」

こうして、途中でトイレ休憩を挟みながら、俺とクルトの錬金術練習は続いていった。

本来、三カ月はかかるという錬金術レベル2への道が、一晩で終わった。その頃には、クルトもさすがにへばっていたが、一度も文句を言うことなく蒸留水を作ってくれた。

さて……クルトは頑張っているが、クリスは頑張っているかね？

離れ離れになった女勇者に、俺は思いを馳せる。

そろそろ連絡が来ると思うんだが。

あいつはきっと順調に――

「誰かに騙されているんだろうな」

俺は確信を持って、そう呟いた。

「マユ姉さんを助けてください」

再度そう頼んでくるランダの目に涙が浮かびます。

ですが、当然、私にはそれがどういう意味かはわかりません。

「えっと、少し事情がわかりませんので、マユお姉さん？　について教えてもらえませんか？」

「あ、すみません……マユ姉さんは、この家に閉じ込められている女性です。私はマユ姉さんの妹になるために、養女として迎えられました」

そこで、私は彼女が言ったことを思い出しました。

「もしかして、それが人質になるってこと？」

そう尋ねると、ランダはコクリと頷きました。

「マユさんもフリードさん……の娘さんなの？」

「いえ、マユ姉さんは、この島の守り神です」

「守り神？」

「フリードがそう語っていました。マユ姉さんは——」

「おい、ランダ！　ランダはいるか？　クリスティーナ様も一緒だな」

突如、扉が叩かれ、フリードさんの声が響きました。

ランダは一瞬、きつい表情で扉を睨みつけ、すぐに笑顔に変わりました。そして、扉を開けてフリードさんを出迎えました。

「はい、お父様！　クリスティーナ様に地上のことを伺っていたんです。本の中でしか知らない場所でしたので」

「そうか。クリスティーナ様に島の地図をお渡しするのを忘れておりましてな。それから、お願いがあってまいりました」

「お願いですか……なんでしょうか？」

「クリスティーナ様は眼帯を着けた女海賊と戦ったと聞いております」

「……はい、シミター使いの女性ですね」

「その女海賊を、できることなら生きたまま捕らえてほしいのです」

「もとより海賊を殺すつもりはありません」

問答無用で人を殺す海賊ならまだしも、彼女たちは襲った船の乗組員を誰ひとり殺していません。

ならば私もできることなら、彼女たちを殺したくはないと思っていました。

「ありがとうございます。それでは、海賊の島までの案内は部下にさせましょう。今日は当館でお休みになり、明日、港においでください」

「あ……そうか。海賊のところに行くには船が必要ですね」

とりあえず食堂を出たけれど、考えてみれば海賊のアジトに行く手段を考えていませんでした。

「ええ。島に住む、病で苦しむ皆のための仕事です。我々にできることなら、なんでもおっしゃってください」

「それでは、一度島を見て回りたいと思います」

いい人なんだと思います。

島に住む皆のためにここまでできるような領主は、滅多にいないでしょう。

ただ、ランダの言った話が気になりますが。

「では、部下に案内をさせましょう」

「ありがとうございます」

とりあえず、まずは病気で苦しむ人を助けるのが第一ですね。

コーマさんがいたら、変な薬で治療してあげられるかもしれません。

でも、コーマさんもなにか考えがあって行動している気がするので、私は私のできることをしましょう。

玄関に行くと、初老の男が私を待っていました。

「クリスティーナ様をご案内するように仰せつかったブランモードと申します。ブランとお呼びください」

「ブランさん。では、まずは病院に行きたいんですが」

「病院でございますね、かしこまりました」

そして、私は地図を見ながら、ブランさんの案内で島を見て回ることになったのですが、どこに行っても誰に聞いても、似たような話しか聞けませんでした。

「風土病の原因についてはわからないです」

「フリードさんのお陰で病気を抑えることができて助かっています」

「漁師たちが海賊に襲われることはないです」

その程度でした。

守り神についても聞きたかったのですが、仮にランダの言っている通り、フリードさんがなんらかの理由で守り神を監禁しているのなら、ブランさんの前で聞いてはいけないだろうと思い、話を聞けないでいました。

一通り情報を集め終わり、フリードさんの屋敷に帰ろうか、そう思ったときでした。

ブランさんの目が虚ろになり、近くにあったベンチに座りました。

まさか、病気に⁉

そう思ったのですが、違ったようで……。

「久しぶりさね、クリス嬢ちゃん」

聞き覚えのある声でそう言ったのは、杖を突いて現れた呪術師風のローブを身に纏った老人。

「ジューン様⁉」

思わぬ再会に私は驚きました。

雷焔《らいえん》の魔術師ジューン。かつてお父さんと一緒に戦った七人の英雄のひとりで、三年以上前に一度お会いしたことがあります。

「どうして、ジューン様がここに？」

「目的は一緒さね。ワシもこの町に調査に来たのさね。彼にはちょっと眠ってもらっただけさね」

ジューンさんはそう言い、ブランさんが座っているベンチの横にあるベンチに座り、

「クリス嬢ちゃんもここに。立ち話は疲れるよ」

「は、はい」

恐れ多いという思いもありながら、私もジューンさんの横に座りました。

「……さて、クリス嬢ちゃんはこのギルドの依頼について、どこまで知っている？」

腰を曲げ、肘を膝の上に置いて、ジューンさんは私を見上げて尋ねました。

依頼について？

蒼の迷宮三十五階層での調査内容は、魔物の情報、なかでもとても珍しい巨大な魔物について調べることです。期限は三カ月以内、報酬は金貨三枚、別途ボーナス報酬あり。

ギルドから聞いたことをそのまま伝えると、ジューンさんは首を横に振りました。

「それは表向きの依頼さね。裏は違う」

「裏？」

「ああ、クリス嬢ちゃんは魔王について知っているかね？」

魔王……？

魔王って、あの物語の魔王でしょうか？

悪魔の王、魔族の王とも呼ばれ、人類を苦しめる架空の魔物。

私がそう答えたら、ジューンさんは笑っておっしゃいました。

「それは違う。魔王というのは迷宮のボスさね」

「迷宮のボス？」

「そう、我々が倒した邪竜も魔王なのさね。クリス嬢ちゃんのお父さんを殺した邪竜さね」

……え？

思わぬセリフに、私の胸の鼓動が大きく音を立てました。

邪竜が……父さんを殺した存在が魔王？

「邪竜、正確には魔王ルシファー。彼と同じ魔王がこの世界には何体も存在する。一部の人間しか知らない事実さね」

「……どうしてそれを私に教えてくださるんですか？」

「なに、嬢ちゃんと一緒にいたコーマといったかね？　彼も知っているようだから、教えておこうと思ったさね」

私のお父さんを殺した邪竜が魔王であり、魔王はほかにもいっぱいいる？

それをコーマさんも知っていた？

「今回の依頼も、その魔王の調査なのさね」

ジューンさんは立ち上がり、こうおっしゃいました。

「この島で流行っている風土病は、おそらくはこの島そのもの、アイランドタートルによる呪いだろうね」

「呪い？　病気じゃないんですか」

「ああ、危険なものだね。でも、おかしい」

ジューンさんはブランさんの前に立ち、そうおっしゃいました。

ジューンさんが力を込めると、ブランさんがふらりと立ち上がります。

「これだけの呪いは……アイランドタートルそのものの寿命を削る。いったい、なんの目的でこんなことをしているのかがわからない。調べるとしたらそこからさね」

ジューンさんはそうおっしゃると、杖の先端でブランさんの背中を押しました。

そこでブランさんの目に光が戻りました。

ジューンさんは私に、なにも言わないように目配せをすると、背中を向けて立ち去りました。

「クリスティーナ様、どうしました？」

ブランさんは自分が眠っていたことなど覚えていないのでしょう、呆けた状態の私を見てそう尋ねました。

「いえ、なんでもありません。屋敷に戻りましょう」

情報が多すぎて混乱したまま、私は屋敷へと戻りました。


二時間の休憩ののち、クルトが寝不足だったようなので、睡眠代替薬を飲ませ、朝から錬金術の訓練を再開した。

朝といっても、一日中明るい迷宮の中なので、体感的に朝だろう、というだけのものなのだが。

コメットちゃんはすでに朝食を作りはじめていて、タラは海へ漁に行った。

ワニのいる海は危ないので止めようかと思ったのだが、銛《もり》を作ったのは俺だし、まぁ、あいつなら大丈夫だろう。

ルシルは畳じゃないと落ち着かないとか言って、魔王城に戻ってゴロゴロしている。

あいつに睡眠は必要ないので起きているはずだ。朝食の時間には帰ってくるだろう。

「よし、クルト！　お前は昨日一日で錬金術がレベル2になった。朝食までの間にポーションを一本作るぞ」

「ポーション……ですか？　僕に可能なのでしょうか？」

「ああ。俺を信じろ」

正しくは、俺が本を見つけたときに丸暗記した『錬金術のすすめ』を信じろ。

丸暗記したにもかかわらず、なにかあったら不安だから結局銀貨一枚払って購入した。

「まずは、この薬草を乳鉢で粉々に潰すんだ」

錬金術の書物によると、草は乾燥させてからすり潰し、石なども細かく砕くか熱して溶かしたほうが錬成しやすくなる……らしい。

いや、らしいっていうのは、アイテムクリエイトだとなんでも素材のまま、呪文を唱えたら一瞬ででき上がるものだから。

クルトは言われるがまま、昨日のうちから天日干し、というか迷宮光干しにしてあった薬草を、乳鉢と乳棒ですり潰している。

フードプロセッサーがあればもっと簡単なのだろうな。今度作ってみるか。

でも、魔道具を取り入れてもいいものなのか。なんて考えている間に、薬草はいい具合に粉状になった。

「よし、できたな。じゃあ、これを見ろ」

俺は、昨日のうちに作っておいたポーションのレシピをクルトに渡す。

ちなみに、このポーションのレシピ、普通に買おうとしても銀貨三枚くらいで買える。

ある程度の錬金術師なら十時間くらいかけてレシピを作ることができるそうだ。

銀貨一枚が一万円くらいだとしたら、時給三千円は確かにおいしいアルバイトだとは思う。さすがに売り値では買い取りしてくれないだろうが。

ポーションは低レベルの錬金術師でも作ることができるうえ、薬草も多く栽培されている植物のため、作りやすいのだろう。

冒険者の多いラビスシティーでは需要も高いだろうし。

文字を読めないクルトだが、それでもレシピを習得することに成功した。

そして、さっそくポーション作りを始めてもらう。

まずは瓶を用意。アイテムクリエイトだと、薬草と水さえあれば瓶入りのポーションが作成できるのだが（原理は本当にわからない）、錬金術による作成なら当然瓶も用意しなくてはいけない。

蒸留水がたっぷり入ったバケツと薬草の粉末。

蒸留水を二百ミリリットル入れた瓶に薬草の粉末をすべて入れ、クルトに魔法を唱えさせる。

「アルケミー！」

ただし変化は見られない。鑑定スキルでも、【薬草】と見える。

不純物が混ざったせいで、蒸留水ではなくなったからか、水の価値が薬草よりも低いからか、鑑定で見ることができるのは薬草だけだった。診察眼鏡を使ってクルトを確認する。

【ＨＰ８９／８９　ＭＰ３８／３９　隷属】

【ＨＰ８９／８９　ＭＰ３７／３９　隷属】

徐々にだが、クルトのＭＰが減っていっている。それと、錬金術レベルが上がったために、最大

ＭＰが増えたようだ。

ＭＰが減っている間は様子を見るか。

二十分後。

クルトのＭＰが残り17になったところでＭＰの減少は停止。

そして――

ポーション【薬品】　レア：★★
一般的な回復薬。飲むことでＨＰが回復する。
ただし、味の保証はない。というか不味い。

完成したようだ。鑑定でもしっかりと確認できた。こうしてアイテムが作られているのか。

薬草が十本で銅貨一枚、蒸留水なんて材料さえ揃えば井戸水からだって作れるのに、ポーションが銅貨二十枚もする理由がよくわかる。

錬金術レベルが上がればＭＰの消費量も減るし、もっと速く作れるのだろうが、それでも一気に量産できるものではないな。

「よくやった、クルト。ポーションの完成だ。飯を食ったらもう一本作るぞ」

「はい……ご主人様」

クルトは疲れ気味に言った。

まぁ、昨日は不味いマナポーションを飲み、睡眠も取れていない。

マナポーションでMPは回復できるし、睡眠代替薬を飲んで睡眠不足の心配はないとはいえ、疲労は残っているだろう。

だがクルト、お前にはもう少し頑張ってもらわないといけない。

「コーマ様、朝食の用意ができましたよ」

「主よ、大物が獲れたぞ」

「コーマ、ご飯できたぁ？」

ちょうどコメットちゃんも料理を作り終えたようで、テーブルには魚介スープとパンが並んでいる。タラは、巨大なカジキを背負って現れた。魚のような名前なだけに、漁はお手のものってか？ルシル……お前はもうあれだよな。うん、ここまでくるとむしろ清々しい。

「じゃあ、飯にするか。タラ、そのカジキはさすがに俺たちだけじゃ食べ切れないから、俺たちの分だけ切り分けて、残りはこの島の人に分けてくれないか？」

「了解した」

「あ、じゃあ私が持っていきますね」

コメットちゃんが、百五十キログラムはあろうかというカジキを楽々と受け取り、厨房へと持っていった。

彼女も、力の神薬で筋力がかなり上がっているからなぁ。あのくらいは余裕だろう。

クルトはふたりの筋力に驚いているようだが、「そういうもんだと思え」と、無理やり納得させた。

朝食後、再び調合開始。

「じゃあ、ポーション作りを始める。ＭＰがなくなりそうになったら、マナポーションを飲んでもらうからな」

そう言って、俺は昨晩のうちにすり潰しておいた薬草粉末を詰めた小袋を、六十袋置く。

アイテムクリエイトでなく乳鉢ですり潰した。最初は面白かったが、面倒なことこのうえない。

なんで、薬草粉末をアイテムクリエイトで作れないのかと思うほど面倒だった。

「まぁ、ポーションを六十本作る頃には錬金術レベルも３になっているだろ……では始めろ」

「は、はい！」

単純計算でいまのままなら二十時間はかかる計算だが、コツさえ掴んでくれたら速くなっていくだろう。そんな期待のもと、クルトの「アルケミー」のかけ声で調合作業が開始された。

真剣な表情で作業をするクルトを見て、俺は自分の耳に着けられたイヤリングを触る。クリスから連絡が来ない。昼前には連絡が来ると思っていたが、クルトが十二本目のポーション調合を開始しても連絡は来なかった。まぁ、無事だとは思うが、そろそろ連絡を取ってみるか。

通信イヤリングで念じると、すぐに繋がった。

「クリス、お前、連絡くらい――」

『すみません、コーマさん。いま潜入中なんで、またあとで』

「おい！　おい、おい、クリス！」

通信イヤリングは、うんともすんとも言わない。

これが携帯電話なら「ぷー、ぷー」と機械音が鳴っているだろう。

ぐっ、クリスのくせに意趣返しか？

それにしても潜入って……まさか……？
まぁ、クリスなら問題ないか。
とりあえずは生きていることに胸を撫で下ろし、コメットちゃんが昼食を持ってきたので休憩し、
俺は一度、とある事情のため、ラビスシティーの孤児院へと向かった。

「すみません、コーマさん。いま潜入中なんで、またあとで」

『おい！　おい、クリ――』

仕返しとばかりに、私は通信を切りました。

昨日の通信だけではなく、魔王の調査だというのを黙っていたことへの仕返し込みです。

これで許してあげます。

それに、潜入中だというのは本当ですから。

海賊の住む島。

その北側から上陸した私は、海岸沿いに島の南側を目指しました。

そして――海賊の住む場所らしきところにたどり着いたのですが……なぜなんでしょう？

海賊のアジトらしい家にいたのは、十二歳くらいの銀髪の可愛らしい女の子と、同じ年くらいの褐色肌の獣人の少年でした。

少年のほうはどこかで会ったことがある気がしますが……気のせいですよね。

まだ子供のようなふたりが海賊とは思えませんが、まずはあのふたりと接触してみましょう。

そう決めて、私はふたりに近付いていきました。

目指すは、開けっぴろげの家。

子供ふたりからの情報収集です。子供相手だからこそ、裏表のない情報が得られるというものです。とりあえず、相手に警戒心を与えてはいけないと、笑顔でふたりに近付こうとしたところで、私は顔をこわばらせました。

海から巨大な魚――なぜか焼き魚のいい香りがします――が這い上がってきて、ふたりを襲おうとしています。

私はプラチナソードを抜き、ふたりを助けようと走りました。

ですが、巨大な魚が跳ねながらふたりに近付いていきます。このままでは私より先にふたりに――お願い、逃げて！

「転送！　自由落下モード！」

少女が魔法を唱えると、突如巨大魚の下に魔法陣が現れ、その巨体が消えました。

「タラ、上よ！」

「承知した」

上？

私が上を見上げると、先ほどの魚が空から落ちてきます。

え？　なんで？

そう思った瞬間、少年が地を蹴り、銛を突き上げました。

巨大魚も少年を呑み込もうと、大きな口を開けます。

ですが、少年は恐がる素振りも見せずにその口へと自ら入っていき——そのまま巨大魚の体を突き抜け、出てきました。

少年が落下する頃には、巨大魚はドロップアイテムも落とさず、静かに消えていきました。

「さすがは主の作った銛。抜群の性能だ」

「よくやったわ、タラ。でも、なんであの魚、ここに戻ってきたのかしら？」

「あの魚はおそらく鮭です。帰巣本能を持っているのでしょう」

「へぇ、そういうものなんだ」

ふたりはいまの戦闘について語り合っています。

強い……。

まず、あの少女。次元魔法の使い手なのでしょうか？　一瞬のうちに魚を上空に転移。もしも昔の私があんなことをされたら、死んでいたのは間違いないです。

いまは多段ジャンプスキルのお陰で、意識が保たれている限り、落下による死亡のリスクは減りましたが。

それとあの少年。普通に強いです。獣人は私たち人間の平均値を大きく上回る身体能力を持つといわれますが、その比ではありません。なにより、百戦錬磨の経験を持っている、そんな気がしてなりません。ただ跳んで魚を突いただけ、それだけなのに、いえ、それだけだからこそ、そう思わせるなにかがあります。

「あ……あの」

私はおずおずとふたりに声をかけます。

「え……」

「む……」

ふたりは私を見ると驚いた様子で、私に背中を向けてなにか話し合っています。

しばらくすると結論が出たのか、女の子がこちらを向いて、私に近付いてきました。

近くで見ると、銀色ツインテール、黒いドレスの少女は、日焼けなんて言葉を知らないかのような白い肌の、とても可愛らしい女の子です。

ドレスも高級品で、こんな場所でなければ、どこかの貴族のご令嬢かと思ってしまうような出で立ちをしています。

「なにか用？」

警戒心……いえ、どちらかといえば敵愾心を向けて、少女が睨みつけてきました。

「私はクリスティーナと申します。昨日、地上から――」

「知ってる。勇者クリスティーナでしょ」

え？　今度は私が警戒心を強めました。

なんでこの少女は、私のことを知っているんでしょうか？

「ふん、私は勇者が嫌いなの」

「ど、どうしてですか？　勇者は皆のために働く、立派な職業なんですよ！」

「皆のため？　認めてもらいたいのは自分のためじゃないの？　自分のために、自分にとって都合のいい正義を振りかざすのが勇者よ」

「そんなことはないです！　少なくとも私の父は立派な勇者でした！」

「立派に自分の正義を貫いたのね。自分のためだけの」

彼女はそう言うと、そっぽを向きました。

これは、なにを言っても無駄な感じがします。

ですが……やっぱり納得できません。

お父さんは……お父さんは……立派な勇者だったんですから。

私がどうやって説得しようかと悩んでいたら、タラという名前の少年が少女に近付いてきました。

「ルシル様、言いすぎです」

「……ふん」

タラくんに言われても、ルシルと呼ばれたその少女は横を向いたまま、私を見てくれません。

「すみません。ルシル様は勇者に対して、いい感情を持っていなくて」

タラくんは私に謝罪しました。

「ふん、当たり前よ。私のお父様は勇者のせいで死んだんだから」

「あなたもお父さんが……いないの？」

「あなたも……てことは女勇者も……そう」

ルシルちゃんはため息をついて、

「大人げなかったわ。私が悪かったわよ」

と謝罪をしてくれました。

「私は事情をよく知らないんですが、わかってもらえてよかったです」

「クリスティーナね。私はルチミナ・シフィルよ。呼ぶときはルシルでいいわ。皆そう呼ぶし」

「では、私のこともクリスでいいです、ルシルちゃん」

「ルシルちゃ……はぁ、まぁ、いいわ……その呼び方で。クリスはお昼食べていくでしょ」

「え？　そんな、悪いですよ」

「いいのよ……どうせいっぱいあるし。タラ、お願い」

「承知しました」

どうやら、ルシルちゃんとタラくんの関係は、ご主人様と部下のようです。

本当に、いいところのお嬢様なのかもしれません。

「申し遅れました。タラと申す。ルシル様のパートナーが我が主という関係です」

「ちょっと、タラは私の部下でしょ！」

「その契約はすでに解除されています。コ……グー姉さんも同様です」

「……えぇー」

よくわからないけど、主従関係は結構複雑なようです。

タラくんが料理を運んできてくれました。

とても食欲のそそられる、いい香りのする料理です。

しかし、見た目はあまり美味しそうには思えない、どろっとした茶色いソースのかかったご飯です。

「カレーっていう料理らしいわ。とっても美味しいのよ」

「前にグー姉さんが主から教わった料理です。複数のスパイスを組み合わせて作ったルーを、ご飯にかけた一品です」

「複数のスパイス？　胡椒と唐辛子のほかにスパイスがあるんですか？」

「あるわよ。ちなみに、このカレーに入っているスパイスは、ブラックペッパーとホワイトペッパーのほかに、クミン、コリアンダー、カルダモン、オールスパイス、ターメリック、チリーペッパー、シナモン、あと塩も入ってるわね」

ルシルちゃんはスラスラとスパイスの名前を言っていきます。

それを聞いて、私が素直に感嘆の声を上げると、ルシルちゃんは自慢げに胸を張り、

「このくらい当然よ。私だって料理の勉強はしているんだから。料理させてはもらえないんだけど

ね」

と、口を尖らせています。貴族の娘などは、自分で料理をすることはしたないものだと教えられることがあります。そういう意味なのでしょうね。

と思いながら、私はカレーという料理をご飯と一緒に食べました。

「あ、美味しい」

「でしょ？　でも、私はチョコレートとかのほうが好きなんだけどね。それで、クリスはなんでここに来たの？」

「えっと、それはですね――」

私はふたりに簡潔に説明をしました。

「要するに、薬が必要なのですね」

「え？」

聞き覚えのある声に振り向くと、獣耳の――銀色の仮面を被った少女がいました。

確かに聞き覚えがある気がしたんですが、獣人の女の子の知り合いはいないので、気のせいでしょうね。

彼女は大きな木箱を十五箱ほど持って現れました。

「はじめまして、グーと申します。クリス様がお探しの薬はこちらです」

「え？」

テーブルの上に置かれた木箱を開けると、薬瓶がいっぱい入っています。

「これが……薬？」

本物なのでしょうか？

そう思ったとき、通信イヤリングが鳴りました。

『あぁ、クリス、聞こえるか？』

「あ、コーマさん」

『さっき、海賊どもと話がついた。風土病に関する薬は全部返すそうだ。お前はそれを、直接病院に届けるんだ』

「コーマさん、裏で海賊と交渉していたんですか？」

『あぁ、一箱は依頼主に渡していいから、残りは直接、小さな病院に届けるんだ。絶対だぞ。多くの人の命を助けるには、そのほうが手っ取り早いからな』

「わ、わかりました！」

コーマさんも裏で頑張っていたんですね。

私はアイテムバッグに薬をすべて入れます。

「クリス、もう行くの？」

「ええ、ありがとうございました、ルシルちゃん！　また機会があったら会いましょう」

「勇者は嫌いだけど、クリスのことはちょっとだけ認めてあげるわ」

そう言うと、ルシルちゃんは少し悔しそうに微笑みました。

誰かに認められるというのは嬉しいことですね。なんで認められたのか、さっぱりわかりませんけど。

そう思いながら、私はもと来た道を帰っていきました。

女海賊捕縛について頼まれていたことを思い出したのは、帰りの船の中でのことでした。


孤児院で修道女《シスター》と話している最中に、コメットちゃんから、クリスが海の家に現れたと連絡があった。どういう経緯があったのかは知らないが、クリスとルシルはすっかり意気投合しているとのこと。そして、クリスが現れた理由はおおよその見当がつく。

俺は修道女《シスター》に例の件を頼み、急いで魔王城に戻り、薬と仮面を用意。

それをコメットちゃんに渡して、クリスに届けさせた。

「帰るのは明日になるのか」

『はい。定期船に乗って帰りますので』

なるほどな。じゃあ明後日までには数を揃えないとな。

『それと、コーマさん。仕事についてなんですが』

「ん？　どうした？」

『この仕事、魔物の調査ではなく、魔王を探すことだということを、聞いていますか？』

「……ああ、勇者エリエールからな。できるだけ口外しないように言われている。クリスはその情報を誰から聞いたんだ？　ユーリか？」

『ジューンさんです。七英雄のひとりの』

知らない名前だ。ルシルなら知っているだろうか？

クリスは、この島の風土病はアイランドタートルによる呪いだと、ジューンに教えてもらったらしい。

亀の呪いって、やっぱり島の呪いだったのか。

しかも、ジューンが言っていることが事実なら、死んでいる南のアイランドタートルではなく、眠っている北のアイランドタートルが原因ということになる。

「魔王について、黙っていて悪かった」

『守秘義務もありますから仕方がないですよ。あともうひとつ、北の島の領主の娘さんに会ったんですが』

クリスはそこで領主の娘、ランダから聞いたという話を教えてくれた。

監禁された、守護神だというマユという名の女性か。

気になるな。

「クリス、できる限りそのマユという名の女性について調べてくれ。俺もこっちの用事が終わったら北の島に行く」

『わかりました。コーマさんも頑張ってください』

通信をオフにした。

魔王城から海の家に戻った俺は、そのまま作業場へと戻った。

「どうだ、順調か？」

「はい、だいぶ速くなりました」

俺はスキル眼鏡でクルトのスキルを確認する。

【錬金術レベル４】

おぉ、レベル３を飛ばして、もうレベル４になっている。

俺はさっきクルトに飲ませたアイテムを思い出した。

技の神薬【薬品】　レア：★×八
スキル成長を五百倍にする薬。超薬、霊薬および神薬は一日一本しか飲むことができない。
効果は十時間。
伝説の薬であり、生きている間に一度出会えるかどうか。

ちなみに、超薬で五十倍、霊薬で二百倍になり、妙薬だと一時間限定で二十倍になる。

いままでの神薬と違い、恒久ＵＰではないが、五百倍は凄い。

しかもマナポーションとの組み合わせ。

普通の錬金術師がポーションを一日五本作るとしよう。

クルトは最初一時間で三本のポーションを作っている。つまり、一時間で普通の錬金術師の三百日分の経験値が入っている計算になる。

それを三時間続けたんだ。ほぼ三年分の経験値が手に入っている。

「よし、クルト、よくやった。じゃあ、次はいよいよ解呪ポーションを作る」

「解呪ポーション？　聞いたことのないアイテムですが」

「状態異常を回復させるポーションのなかでは一番作るのが難しい……と思うが、まぁ、いけるだろ」

そう言って、例のごとく解呪ポーションのレシピをクルトに見せる。

文字が読めなくてもレシピをしっかり見て、覚えてくれた。

いまはそれで十分だ。

白紙スクロールを受け取り、アイテムバッグにしまった。

乾燥した解呪草をすり潰した粉をクルトに渡した。

「よし、クルト！　ポーションの中に解呪草を入れてアルケミーを唱えてくれ。魔力の放出は少なく抑えて一定量で均一に」

「わかりました」

クルトがゆっくり解呪草の粉末を入れていく。

そして、アルケミーを唱えた。

徐々に、徐々にポーションの色が赤から紫へと変わっていく。

そして、その色が青紫に変わったところで、鑑定スキルがクルトの努力の成果を映し出す。

解呪ポーション【薬品】　レア：★★★
呪いを解くことのできるポーション。
ただし、強い呪いは解くことができない。

解呪ポーションという薬品にはなったが、クルトはさらに手に力を込め続ける。

ＭＰが放出され続ける。薬の質を確かなものにするために。

結局、一時間かけて解呪ポーションは完成した。

そのときには、クルトの１５０までに増えたＭＰは、残り２０にまで減っていた。

さすがにきつかったようだ。

その代わり、クルトの錬金術レベルは5まで上がっていた。

技の神薬の効果が残っていたお陰だろう。

「よし、クルト！　休憩はなしだ！　マナポーションを飲んで残り三本！　今日中に作るからな」

「は、はい。ありがとうございます」

クルトは俺に礼を言い、マナポーションを飲んだ。

不味いはずなのに、躊躇せずに一気に飲む。

顔色も悪い。買った奴隷に対してこんな扱いをしていることをセバシに知られたら、俺には二度と奴隷を売ってくれないかもしれない。

でも、クルトは文句ひとつ言わずに、休憩を求めることなく、解呪草の粉末をポーションに入れていく。

こいつは……本当に。

「クルト……作業をしながら世間話をする余裕はあるか？」

「はい、先ほどよりは楽に作業ができるようになりました」

錬金術レベルが上がったからだろう。

普通、錬金術レベルが5になるのに、十年かかるといわれている。

それ以上は、アイテムのレシピが入手できないから、錬金術レベルを上げる意味がないらしい。

「クルト、お前、妹がいるそうだな」

俺がそう尋ねたら、クルトは、ぴくっと眉を動かし、「はい」と頷いた。

「親父さんを殺したのは、妹を守るためだったんじゃないか？」

「違います！　それだけは絶対に違います！」

クルトは顔を赤くして強く否定した。

これほど感情的になるクルトを初めて見た。

「少なくとも、妹のことを思えば、父を殺すべきじゃありませんでした」

「妹、病気らしいな」

「はい……薬がないと助からない病気です。助けるには、僕がお金を稼がなくてはいけませんでした」

そのためにクルトは幼くして働いていたという。

酒場の皿洗いという仕事から、ときには冒険者の荷物持ちまで引き受けていたそうだ。

「……で、父親に殴られ、そのなけなしの金を奪い取られ、取り戻すために父親を突き飛ばしたら死んだんだろ。それなら――」

「違います！　ご主人様、妹のために父を殺したんじゃないんです！　それだけは信じてください！」

妹のため、といえば聞こえはいい。

だが、その話を妹はどう思うか？

妹のせいで、兄は父親を殺した。

そんなこと知られるわけにはいかない、クルトはそう言っているように思える。

「妹はきっといまも病気で苦しんでいます。いえ、もしかしたらもう死んでいるかもしれません」

クルトは、自分は犯罪奴隷だから、妹がどうなったか知る権利がないと、つらそうに言う。

犯罪奴隷は奴隷商のところにいる間は、外部との手紙のやり取りもできないのだそうだ。

逃亡を幇助する人と接触させないことを、目的としているらしい。

「だから、僕も苦しまなければいけません。絶対に」

「……じゃあ、もっと頑張って苦しめ。あと二本作るまでは休みなしだぞ。一本作ったらマナポーションを飲め」

「はい！」

クルトはそれから、二本の解呪ポーションを一時間半かけて作り終え、その場に倒れ込んだ。

『コーマの連れてきた子、本当にコーマそっくりね』

ルシルに言われた言葉を思い出した。

「全然似てないよ」

俺はクルトに布団をかけて呟いた。

俺はこいつほど強くはないし、こんなにいい子じゃないよ。


風土病の治療薬をもらった翌日、私は朝一番の定期船に乗り、北の島へと戻りました。

船にはブランさんも乗り合わせています。

彼には一箱分の薬、九本の治療薬を渡しました。

まぁ、依頼を受けたのは一箱分ですし、コーマさんからは何度も何度も何度も何度も、残りの薬は病院に直接持っていくようにと言われています。

それこそ、耳にタコができるんじゃないかと思うほどです。

「おぉ、さすがはクリスティーナ様、お見事です。ところで、女海賊の捕縛のほうはどうなりましたか？」

あ……すっかり忘れていました。

でも、もう海賊を捕まえる必要はないです。

なぜなら、コーマさんが海賊を説得してくれて、薬をすべて返してもらったんですから。

おそらく、海賊によって薬が盗まれることは、もうないでしょう。

私がそう説明したら、ブランさんは神妙な顔になり、「そうですか、それはようございました」と、とりあえず納得した様子で、薬を船の倉庫へと運ばせました。

私は暇になったので、休むことにしました。そして、いろいろと考えてみます。

私がなにかを考えていたら、コーマさんに「下手な考え休むに似たりだな」と言われたので、休むのにはちょうどいいでしょう。

まず、この海にはふたつの島があります。

でも、それは土の島ではなく、アイランドタートルという、巨大な魔物の上に住んでいるのです。

ふたつの島の領主は、北の島に住んでいるフリード・ガエンさん。

島の人のために薬を配る、いい人です。

薬は風土病の治療のために使われる予定です。

でも、その風土病というのはアイランドタートルの呪いだそうです。

しかし、人を呪わば穴ふたつ。その呪いのせいでアイランドタートルにも負荷がかかっています。

自らを苦しめてまで人を呪う、アイランドタートルの謎です。

南のアイランドタートルは死んでいるそうなので、呪いを発しているのは北のアイランドタートルだけということになります。

ならば、全員南の島に逃げたらいいような気がしますが、私もジューンさんに話を聞いただけで、本当に風土病の原因がアイランドタートルの呪いかどうかはわかりません。

巨大な魔物が魔王といわれていますが、アイランドタートルが魔王なのでしょうか？

もうひとつの魔王候補ともいえる魔物は一角鯨でしょうが、こちらは伝承にしか残っていない魔物です。調べようがありません。

気になることは、フリードさんの娘、ランダ・ガエンさんが言うマユ姉さん。

島の守護神ということですが、なんでもフリードさんによって監禁されているとか。

まぁ、守護神なら魔王とは関係ありませんね。

さて、これからどうしましょうか。

まずは、コーマさんに言われた通り、病院に行って薬を配り歩きましょう。

そして、情報集め。

アイランドタートルについての情報を集めるのは必要でしょう。

風土病の発生時期と、そのとき島になにがあったのか？

そのあたりを調べないといけません。そのついでに隙を見て、ランダさんと接触して、マユさんの情報を集めないと。

海賊については、さっきも言ったように問題ありませんね。改心してくれたようですし。

「……あれ？」

遠くに小船が見えます。

船に乗っているのは……眼帯はしていませんが、あの女海賊さん？　後ろに別の女性を乗せています。

白い髪の女の子……？　でもあまりよく見えません。

私のほかには誰も気付いていないのでしょうか？

船は凄いスピードで南へと向かっていきました。

ただの船ではありませんね。いまから追いかけたとしても間に合いません。

さて、考えてもなにもわからないことがわかりましたし、私はもう少し休憩することにしましょう。


しばらく休んだら、またコーマさんに相談すればいいですね。

そう考えて、私は船から体を乗り出して風を感じました。徐々に島影が大きくなってきます。

そして、私たちは北の島の港へとたどり着いたわけですが、島はとても慌ただしい様子です。島中を多くの人が走り回っていました。誰かを探しているようです。

いったい、なにがあったのでしょうか？

ブランさんも知らないようで、走っている男を掴まえて、事情を聞いていました。私には聞こえませんでしたが、ブランさんは事情を聞き終えると少し驚き、なにかを命令しました。そして、

「クリスティーナ様、申し訳ありません。急用ができました。先にお屋敷にお戻りください」

と言って走っていきました。

なにがあったのか、聞く暇も与えてくれませんでした。

まぁ、とりあえず、いまは病院へ行きましょう。

病院は二カ所あって、一昨日は大きな病院を見ましたが、そういえば、コーマさんからは、小さい病院に渡すように言われています。

えっと、病院の場所はどこだったかな。

アイテムバッグから島の地図を取り出して確認すると、すぐ近くにあるみたいですね。

歩いていくと、兵士さんみたいな格好の人たちがすれ違っていきます。

港だけでなく、島中を走っているのでしょうか。

しばらく歩くと、目的の病院を見つけました。

病院というよりは診療所といったところでしょうか。

とても小さな建物です。

「あの、すみませ…………」

建物に入って、私は思わず絶句しました。

診療所にいた人たちが、虚ろな瞳でこちらを見詰めてきます。

青い斑点を体のさまざまな場所に浮かばせている人たちが、全員座り込んでいます。

彼らが病人？　全員で三十人くらいでしょうか。

子供からお年寄りまで、多くの人がいます。

「どうかなさいましたか？」

そう言って、白衣を着た五十歳くらいの痩せた男の人が出てきました。

「あの……もしかして、彼らは風土病の患者さんですか？」

「はい、そうですよ」

「どうしてここに……」

「病気の症状が出ている方は病院に隔離するよう島長からの命令があるのですが、ベッドにはもう空きはなく、症状の軽い方はこちらで待ってもらっているんです」

「そんな。もうひとつの病院にも行きましたが、あっちはこんな……」

「あの病院は一定額以上税金を納めた人しか利用できません。薬も十分ありますからね。薬も高価ですから、我々が買うことはできません」

薬が買えない人がいる？

そんなこと、一言もフリードさんは言っていなかったけど。

私はアイテムバッグから薬を出して、医師に渡します。

「……あ、そうだ！　薬！」

「これは……」

「治療薬です！　海賊さんが返してくれました」

「彼らが？　そんなバカな」

「いえ、海賊さんもきっとこの状況を知って、改心してくれたんですよ」

「違います。彼らが薬を盗むのは、彼らの仲間の病気を治すためです。向こうも薬が足りませんから、返してくれるわけはないんです」

聞いた話とまるで違う事実を告げられました。

そうだったのですか。

「……じゃあこの薬は……」

まさか、偽物？

おそらく、そう思ったのは私だけではありません。

「わかりません。この薬は一本だけでしょうか？」

「いえ、百本以上あります」

「そうですか……わかりました。まずは私が試しに飲みましょう」

そう言って、医師は自分のシャツの袖を捲《まく》りました。

腕には青い斑点が浮かび上がっています。

治療する側の彼も罹患者だったのですか。

「で……でも」

「この薬が本物なら多くの人が救われます」

そう言って、医師は薬を飲みました。

そして、ほかの患者を含め、全員が彼の腕を見詰めます。

すると、腕から青い斑点が消えていきました。

「……ふぅ、本物のようですね」

「わ、わかりました！　薬はまだまだあります！　症状の悪い人からすぐに――」

「よろしいのですか？　薬を買うお金は我々には――」

「無料でいいです！　早く配りましょう」

その声に、患者たちから喜びの声が上がります。

私はアイテムバッグから次々に薬瓶を取り出し、配っていきます。

「十二本、こちらにください。奥にいる動けない方に点滴で注入してきます」

「わかりました」

その後、患者全員に薬を配り終えても、二十本以上の薬があまりました。

しかも、医師が言うには、この薬はかなり性能がいいものらしいです。

でも、なんで薬がこんなに用意できたのか。

（……コーマさんしかいませんね）

私の従者のコーマさん。

いつも変な薬を大量に持ち歩いていますから、彼ならこんな薬を持っていても不思議ではないです。

ただ、医師が言うには、これらの薬を飲んでも、病気が完治するわけではないそうです。

一週間くらい症状が治まるだけなのだとか。やはり、呪いの根源を断たないといけませんね。

ひとまず、フリードさんのところに行きましょう。

彼なら呪いについてなにか知っているかもしれません。

いえ、知っているはずです。

私の中で、フリードさんは善意だけの領主ではなくなっていました。

あと少しでフリードさんの屋敷に着くというところで、金髪の少女、ランダさんが屋敷から出てきました。

そして、私のほうに駆け寄ってきました。

ランダさんはあたりを窺い、誰もいないのを確認すると、

「クリスティーナ様、ありがとうございました」

「薬のことですね。そのことで――」

「いえ、マユ姉さんのことです。クリスティーナ様なんですよね、マユ姉さんを攫ってくれたのは！」

え？　攫われた？

予想外の出来事に、私はもう考えるのを放棄することにします。

考えるより、コーマさんに相談してみましょう。

そう思い、私は通信イヤリングを握りました。

クルトが初めて解呪ポーションの作成に成功した翌日の昼。ルシルは今日も海を満喫していた。

そろそろ飽きるだろうと思ったが、コメットちゃんと一緒に泳ぎを覚えたらしく、今朝からタラとふたりで海水浴を楽しんでいた。

ただし、泳法は犬掻き。

スクール水着を着て犬掻きをする大魔王の娘。

シュール過ぎて笑うことすらできないよ。

エラ呼吸ポーションを飲ませたかったのだが、拒否された。まぁ、タラも一緒についていてくれるから、問題ないだろう。

もう、クリスも北の島に戻っている頃だろうか？

そんなことを思いながら、俺は料理の準備をする。

早朝からタラが立派な鯛を取ってきてくれたので、今日の昼飯は塩釜焼きにすることにした。

酒に漬けた鯛の腹の中にハーブ代わりの薬草を入れて、卵白と粗塩を混ぜたものを使い、一時間半くらいかけて蒸し焼きにした。

作り方は、琵琶湖でビワマスを釣り上げたときに、こういう食べ方もある、と教えてもらったものを参考にしている。

ビワマスの塩窯焼き、もし日本と行き来できるアイテムが完成したら、もう一度食べてみたいものだ。

ちなみに、鯛の塩釜焼きの概念はこの世界にないのか、でき上がったものを鑑定で見ても、

塩【食材】　レア：★
海の水を煮詰めるか、岩塩から取れる。
料理の基本調味料のひとつ。砂糖とよく間違えられる。

のように、塩としか出てこない。

このぶんだと、塩釜を砕いて中の鯛を見ても、「焼き鯛」としか表示されないだろうな。

それにしても、塩と砂糖を間違える人、異世界にもいるんだな。

クッキ○グパパも、レシピで塩と砂糖を間違えて謝罪するという珍事があったくらいだし、世界中でよくあることなのだろう。

この塩釜焼きは俺とクルトの分。

半分人間とはいえ、半分コボルトのコメットちゃんとタラには塩分が多すぎるということで、ふたりには普通の焼き鯛を用意した。

ちなみに、コメットちゃんは家の裏に勝手に作った畑の手入れをしている。

彼女にルシルとタラを呼んでくるように頼み、俺はクルトを呼ぶ。

もう解呪ポーションも三十本できていた。錬金術レベルは今朝６に上がったらしく、調合速度が上がり、消費ＭＰはだいぶ減った。

錬金術レベル６って、確か五十歳くらいの錬金術師が到達できる領域とかじゃなかったかな。

技の神薬の効果もさることながら、クルトには錬金術の才能があるんじゃないだろうか？

そうでないとしたら、錬金術へかける意気込みの違いか。

五人が揃ったところで、俺たちは昼食を食べることにした。

あ、ちなみにルシルの昼食はチョコレートパフェだ。さすがにアイスクリームは自作できないので、アイテムクリエイトで作った。

チョコレートパフェＤＸ【食品】　レア：★★
さまざまなスウィーツを組み合わせて作り上げた、スウィーツの王様。
子供が憧れる究極の一品。大人の男は注文しにくい。

スウィーツと言うな！　スイーツでいいだろ。

確かに大人の男は注文しにくいよな。

その味の感想は、ルシルの表情を見たら語ってもらうまでもない。

本当に幸せそうに食ってやがる。

コメットちゃんもタラも美味しそうに食べている。

タラもさすがに一匹しかない魚を手掴みで食べることはなく、器用に箸を使って食べてくれた。

ナイフとフォークじゃないのか？　と聞いたら、なんでも西のカリアナという国では箸を使った食事の文化があるらしく、そこで覚えたらしい。

カリアナでは箸のほかに、畳もあるらしい。そうだよな、この世界に畳がないのなら、アイテムクリエイトで畳を作れるはずがないもんな。

一度行ってみたいな、カリアナ。もしかしたら、梅の木もあるかもしれない。食べたいんだよ、梅干し。

料理は全員満足そうだが、クルトだけは少しつらそうだ。不味いわけではなく、美味しいものを食べるのがつらいんだろうな。

昼食を終えたクルトに、俺は次の指示を出す。

下手に休ませたら、こういう性格の人間は、つい悪いことばかり考えてしまいそうだ。

「クルト、休憩がてら、これでも見ておけ」

「は、はい」

俺はクルトに、「気付け薬」「風邪薬」「薬膳粥」「薬草汁」「解毒ポーション」「解熱ポーション」「石化解除ポーション」「覚醒ポーション」「グリーンポーション」「レッドポーション」「チェリーポーション」「ブラックポーション」「エースポーション」「万能薬」「アルティメットポーション」「エリクシール」など、さまざまな薬のレシピを渡した。

治療目的で使われる薬のレシピだ。

まぁ、クルトがアルティメットポーションを作れるような錬金術師になれるかどうかはわからないが、いちおうな。

いま見せたレシピのアイテムの名前と材料一覧をメモに書き、クルトに持たせる。

「僕は文字が読めません」

と言ったので、

「勉強しろ。その時間はまた用意してやる」

とだけ言ってやった。

エリクシールに関しては、伝説の薬といわれるようなもので、アルティメットポーションよりもさらに効果が高い……そうだ。

まぁ、アルティメットポーションでも十分に凄いのだが。

ちなみに、エリクシールの材料として使われるのが「フェニックスの涙」。

フェニックスの涙【素材】　レア：★×五
火の鳥が落とす素材アイテム。再生の力の象徴。
実際の涙ではなく、涙の形をしている魔力の塊。

超レアアイテムで、先週フリーマーケットに持ち込まれたものを、メイベルが金貨二十枚で買い取り、俺がさらに金貨二十枚で店から買い取った。

店のものなんだから自由にしていいんですよ、とメイベルに言われたが、まぁ、そのあたりはきっちりしておきたい。

これとアルティメットポーション二本を材料にできたのがエリクシール。

エリクシール【薬品】　レア：★×八
伝説の薬。一滴かけるだけですべてが回復する。
死者の蘇生だけはできない。

小さな小さな小瓶。だが、これ一本で五回は使うことができる。
しかも、飲まなくてもいいので、意識を失っている瀕死の人にも使える。
まさに伝説の薬に相応しい。
フェニックスの涙。できればもう何個か手に入れたい。
「コーマ様、あちらを……」
「ん？」
食器を片付けていたコメットちゃんがなにかに気付いたらしく、俺の視線を誘導する。
その先には小船……こちらに向かってきている。
乗っているのはメアリともうひとり白髪の、俺と同い年くらいの可愛らしい女の子。
あれ？　メアリが後ろに向かってなにかを投げている。
俺はアイテムバッグから索敵眼鏡を取り出した。
やはりだ。魔物の気配がする。
あの小船は魔物に追われているようだ。

俺とタラは、急いで桟橋へと先回りする。

「メアリ！　早く！」

小船が桟橋に到着し、メアリが見知らぬ女の子と一緒に、小船から下りてきた。

「悪い、頼んでいいか？」

聞くまでもなく魔物の後処理だろうと思い、俺は二つ返事で了承。

そして追いかけてきた白いワニの魔物――シーダイル三匹もまた、桟橋から島へと上がってきた。

よし、あれを試してみるか。

前のシーダイルとの戦闘では使う暇もなかったが。

俺はアイテムバッグから、竜殺しの剣グラムを取り出し、構えた。

そして、襲いかかってくるシーダイルを剣で受け止めようとして――気付けばシーダイルは一刀両断されていた。

ウソだろ？

切るつもりはなかった。なのに切れている。

ダメだ、この剣、俺には切れ味がよすぎる。魔物相手だからよかったが、これが対人戦なら大変なことになっていた。

その頃には、タラが一匹のシーダイルを仕とめていた。

残るは一匹。メアリにやられたのか、左目にナイフが刺さっているが、一番大きなシーダイルだ。

「タラ、この剣でシーダイルの歯を切らずに受け止められるか？」

俺はタラにグラムを渡す。

「この剣は……もしや」

「あぁ、ゴーリキを操っていた剣を清めたものだ」

「……やります」

そういうと、タラがグラムを握り、前に出た。

シーダイルも仲間を殺された恨みからか、それとも単に目が痛いのか、怒気を膨らませてタラに襲いかかった。

タラはグラムでシーダイルの巨体を受け止めた。

「おぉ、よく受け止めたな」

「剣に気を通わせれば――だが、この剣、ブラッドソードの妖気がまだ抜け切れていないのか、魔物を殺したくてたまらない様子です」

「な、魔物を殺せば前みたいに戻ってしまうのか？」

「いや、それはないでしょう」

「よし、なら殺していいぞ」

俺からの許可が出たので、タラは力を抜いた……。すると、シーダイルが左右に分断され、ドロップアイテムが残った。

「ヒュー、あんたたち強いね。さすがだよ」

「メアリ、気を付けてくれよ……ところでその子は誰？」

俺は、メアリの横に立っていた、俺と同い年くらいの白い髪の儚げな少女を見て尋ねた。

名前を聞くにはまず自分から、というが、危険な目に遭わせてまで、彼女を船に乗せた理由を知りたい。

海賊がひとりで理由もなく海に出るとは思えなかった。

「ん？　あぁ、紹介するよ。この子はマユ。私の姉さんさ」

「……え？」

俺は驚くしかない。

いや、メアリの姉ということにも、クリスから聞いていた、マユという名前の少女が目の前に現れたことにも驚いた。

だが、一番の驚きは彼女のしていた指輪。

そう、指輪に驚いた。

なぜならそれは——

友好の指輪【魔道具】　レア：七十二財宝
ある国の王が天使より授かったとされる指輪。
ありとあらゆる動物、植物と心を通わせることができる。

まさかの七十二財宝の出現に、俺は自分の目を疑った。

冒険者ギルド本部。自治権を持ち、長を持たないこの都市の最高機関といっても過言ではない。

その長であるギルドマスターの部屋に、わたくし――エリエールは赴きました。

サフラン雑貨店の店主としてではなく、勇者エリエールとしてではなく、アイランブルグ王国の使者として……でもなく、ギルドから派遣された二重スパイ共犯者として。

ギルドマスターの部屋は、前回入ったときと同じく、先代、先々代と多くのギルドマスターの肖像画が壁にかけられているのですが、全員同じ顔で、全員幼女趣味。

正直、見ていて面白いものではありませんわ。


幼女趣味はいまのギルドマスターも同じようで、現ギルドマスターであるユーリの横では、ルルという名の幼女がお茶を汲んでいました。

ユーリは、淹れられた熱そうなお茶を冷まそうともせずに一気に飲み干し、

「よく来たね、エリエール。経過報告から始めようか」

「……経過報告……その様子だと問題ないのでしょう？」

「ああ、ジューンが言うには、間もなく目を覚ます。手を下すまでもないそうだ」

「……コーマ様はそれをご存知で？」

「コーマ様……ね」

まるでわたくしの弱点を見つけたみたいに、ユーリは私を見て微笑みました。

「彼はお客様ですから、この呼び方は当然ですわよ」

「そんなことはないさ。君はここでは誰にも〝様〟を付けて呼んだことはなかった。そうかそうか、うん。私は君たちのことを――」

私のレイピアが光速の動きでユーリの眼前に突きつけられました。

私が勇者たる所以の剣技。

だが、ユーリは瞬きひとつせずに言葉を続けます。

「応援しているよ」

「…………」

殺気がないのを見抜かれたのか、それとも恐怖という感情がないのか、ユーリは笑顔でそう言い切りました。

この人にはかなう気がしません。

「わたくしは、あなたが魔王ではないかと思ってしまいますわよ」

「ははは、私が魔王なら、うちの受付嬢は差し詰め大魔王だね」

「……レメリカさんは確かにそうですわね」

あの受付嬢の武勇伝は、他国にまで知れ渡っていますわ。

私が勇者試験を受けたときも、彼女にはいろいろとお世話になりましたが、それ以上に煮え湯を飲まされています。彼女はまさに生きる伝説といってもいいでしょう。

「なんであの人、受付嬢をやっているのかしら」

「彼女には彼女の理由があるんだよ。詮索しないであげてほしい」

勿論、詮索するつもりはありません。

彼女を調べていることが本人にばれたらどうなるか、考えただけでも恐ろしいですわ。

「……ところで、ユーリさんの計画ではどのくらいの確率で——」

「九十パーセント……といったところかな」

ユーリは間髪容れずにそう言いました。

彼はそう言ったのです。

十回に九回……蒼の迷宮の三十五階層に住む人の多くが死ぬと。

その数は二千人を超えるでしょう。

「少なくとも、半数は死ぬだろうね。領主の計画だと」

「……あの計画ですか……仕方のないこととはいえ、あれも聞いていてつらいものですわ」

「だね。でも、彼の気持ちは私には理解できる。上に立つ者は取捨選択をしなければいけない」

ユーリはルルの頭を撫でて言いました。

「全員を守ることができるなんて、理想でしかない。理想を求める者は、いつだってすべてを失うんだから」

「……そうですわね」

私はそう頷きながらも、おそらくいま、地下三十五階層にいるであろうコーマ様の姿を思い出しました。

彼ならばもしかしたら――そう思ってしまうのは、過度な期待というものなのかしら。

それでも、やはりあの人なら。

第四章　声なき魔王の友好の指輪

「聞いていているかい？　コーマよ」

「え、あ、あぁ、聞いてる聞いてる」

メアリに問われ、俺は頷いた。

だが、視線はどうしても、新たな七十二財宝にいってしまう。

すると、マユと呼ばれた女性は、俺の顔を見て微笑んだ。

（はじめまして、マユと申します）

突如、そんな声が頭の中に聞こえてきた。

おそらく、その声はマユのものだろう。

（…………!?　驚いた、友好の指輪の効果か）

（この指輪を知っているのですか？）

（いや、いまわかったばかりだよ。特殊な目を持っていてね）

俺がマユと見詰め合っていると、メアリはなにも言わなくなった。

おそらく、俺がマユと話しているのに気付いたのだろう。

（それにしても便利な能力だな。会話する必要がないなんて）

（そう思うのはあなたが優しい人だからです。普通の人は心を見られるのは嫌なものなのですよ）

たとえば、とマユはとんでもないことを言ってきた。

(あなたが魔王だって、私はわかってしまいます)

(……そりゃ困ったな。でも、俺のことが魔王だとわかったわりには落ち着いているな)

(勿論です。私も魔王なのですから)

ずいぶんとあっさりと……本当にあっさりと彼女は告げた。

自分が魔王だと。

……その可能性は考えていた。

むしろ、そうだと思っていた。

メアリよりどう見ても年下に見える彼女が「姉さん」と呼ばれているところを見ると、見た目の年齢と実際の年齢が違うのではないか?

そう思ってしまう。

魔王は年を取らない。かつて、ルシルから教わった話だ。

俺もまた、この年齢から年老いることはないだろう。

まぁ、見た目を変えるアイテムなどを作れば、八十年くらいは人間として暮らせそうだが。

(メアリは知っているのか?)

(いえ。私の不老性を知っている人間は皆、それが私の体質だと思っているだけです。その者の数も多くありませんよ)

そうか、それはよかった。

魔王が不老の生物だと知っている人間は多くはないと思うが、ゼロとは言い切れない。できるだけ隠しておいてもらいたい。

（ええ、言われるまでもなく隠しますわ）

（え？　俺、いまのは伝えようとしていないよな。あぁ、心が全部読まれるのか。こりゃ参ったな）

（こんなことをされても黙って私と会話してくださるのは、あなたやメアリ、ランダ、あとは彼くらいなものです）

驚いた俺が笑いながら思うと、少し呆れたようなマユの言葉が伝わってきた。そうは言われてもなぁ、魔王だというトップシークレットがばれてしまった以上、俺が隠すことはあまりないしな。

でも、考えたらダメと思ったら、かえって悪いことを考えてしまうよな。

たとえば、マユの体はとてもスレンダーで綺麗だな、とか。

白い髪なら、白いウサミミが似合いそうだな、とか。

（……そのくらいにしてもらえませんか？）

「ごめんなさい」

俺は口に出して謝罪した
「まぁ、いま話していると思うが、マユ姉さんは口で話すことができないんだ」

メアリがそう説明した。

「ああ、そうなのか。で、メアリ、教えてほしい。このマユさんは、フリードの屋敷に監禁されていたはずだ。なんでここにいるんだ？」

「あたいが誘拐してきたのさ。あの屋敷の構造は隅から隅まで熟知しているからね、余裕だったよ」

なんで海賊が領主の屋敷を熟知しているんだよ。

「でさ、途中でコーマの話をしていたら、マユ姉さんがコーマと話したいって言うんだけど」

そうなのか？

いったい、なにを話したいんだろう？

魔王同士の情報交換か？

（実はコーマ様にお願いがあるのです）

（お願い？）

（私たちを……このふたつの島を救ってください）

（ああ、呪いのことならもうすぐ片が付く）

（いえ、呪いではありません。もうすぐ、北の島が、下手をすればふたつの島が沈みます）

島が沈む⁉

（はい。間もなく、一角鯨が目を覚まします。そうなったらふたつの島は無事では済みません）

一角鯨……伝承の中に存在する魔物。

その足音が近付いてきているというのか？

（鯨には足はありません）

的確なツッコミ、ありがとうございます。

それより、島が沈む。その原因は一角鯨にある？

待て、まったくわからない。

まず第一に、一角鯨はマユの配下の魔物じゃないのか？

（違います。一角鯨は突如現れました。おそらく、ほかの魔王の配下の魔物です。私の配下の魔物は全員魚の魔物ですから）

マユの思念が伝わる。

そうか。だからワニに追われていたのか。鯨が魚類ではなく哺乳類だというのは、いまさら確認する必要はない。

そういうことなら、アイランドタートルもマユの配下の魔物じゃないのか。

（ええ。ですが、アイランドタートルは私とは友達です）

友達か……でも、島の呪いはアイランドタートルのせいなんだよな。

再度マユから思念が伝わってきた。

ということは、呪いはマユが頼んで撒かせていたのか？

（はい、その通りです。彼女は私の頼みを聞いて、己の身を犠牲にして呪いを撒いていました）

彼女……北のアイランドタートルは雌だったのか。

って、そんなことはどうでもいい。なんでそんなことをしたんだ？

フリードって奴に監禁されていたのなら、フリードに無理やりさせられたのか？

（この島の人を守るためです）

守るため？　どういうことだ？

やっていることは――

「なぁ、ふたりとも、いつまで語り合ってるんだい？」

マユはメアリに視線を向けた。

そして、おそらくふたりはなにかを話しているのだろう。

「本当かい？　コーマ、皆を治す方法があるのかい？」

あぁ、そういえば、俺がマユに言ったんだった。

呪いをなんとかできるって。

「ああ。俺の仲間がいま、薬を作っている。それを使えば治る可能性が」

「薬は何本あるんだい？」

「いまは十五本くらいあると思う」

「あたいたちに譲ってくれないか！　礼は必ずする！　なんなら体で払ってもいいよ」

「魅力的な提案だが、礼はまたの機会に取っておくよ。薬はこっちだ」

「借りは早く返したいんだよね。うちの家訓らしいからさ」

海賊なのに律儀な家訓だな。どこかの女勇者にも見習わせたいよ。

その彼女も、今頃は北の島で薬を配り歩いているだろう。

「まだ効くと決まったわけじゃないからな」

錬金術師になって数日のクルトが作った薬だ。

最高品質ではない。

解呪ポーションの説明にも、「ただし、強い呪いは解くことができない」と注意書きがあった。即死の呪いなどではないうえ、完全に動けなくなるまで時間のかかるものなので、それほど強い呪いではないだろう。

とりあえず、マユとメアリを海の家へと案内した。

……あれ？　そういえばタラがいない。

さっきまでいたはずなのに、あいつ、どこに行ったんだ？

まぁ、タラならひとりでも大丈夫だろう。

これがルシルなら心配で心配で仕方がない。どこかで料理をしているんじゃないかと思ってしまう。

海の家に着くと、すでにクルトは調合を再開していた。

コメットちゃんは桶に一度煮沸させた海水を入れて食器を洗っている。あとで真水で洗い流すと言っていた。

蒸留水を作ってあげたいが、クルトの前ではあまりアイテムクリエイトは使いたくない。

コメットちゃんも別につらそうではない、というか家事をしているときは尻尾が揺れて楽しそうなので助かっている。

「グー、ルシルは？」

「ルシル様でしたら、畳が恋しいと戻られました」

「そっか……あ、メアリは前に紹介したっけ？　こっちの白い髪の人はマユさん」

「初めまして、グーと申します」

コメットちゃんはマユさんに挨拶をしたあと、

「え？　この声」

あ、マユさんはコメットちゃんに話しかけているようだ。

そして、見る見るうちにコメットちゃんの顔が赤くなる。

いったい、なにを話しているのだろうか？

「グー、どうしたんだ？」

「い、いえ、なんでもないんです！　コーマ様には関係の……関係のないことです！」

ここできっぱり関係ないと言われると少しショックだが。まぁ、プライバシーに関することだろうからな。深くは追及しないでおこう。

「メアリ、紹介する。こいつがクルトだ」

「え？　あ、あの」

俺はクルトに近付き、耳元で囁くように命令した。

(俺が作り方を教えたことは誰にも言うな。命令だ)

そう言うと、クルトは「どうして？」という目で俺を見てきた。

まぁ、最近悪目立ちしすぎたからな。人身御供的なものになってもらいたい。

「それが作りかけの薬かい？」

「え、いえ、いま完成しました。十七本目です」

クルトは解呪ポーションの入った薬瓶を木箱に入れた。

「これが薬かい？」

「ああ。さっそく使ってみてくれ」

俺は木箱を持ち上げて、メアリに渡した。

それほど重くはないので、女ひとりでも十分に持てるだろう。

「あと、店で売っていた普通のポーションだ。十本入れてあるから、体力のない人に飲ませてくれ」

俺はそう言って、アイテムバッグから取り出した木箱の中に普通のポーションを詰めていき、クルトに渡した。

「あの、ご主人様、この薬、なにに使うんでしょうか？」

クルトが恐る恐る俺に尋ねた。

それに、俺はニッと笑って答えた。

「この薬はこの島を救うんだよ」

でも、救う前に沈むかもしれないんだけどな。

それは言わない。

なぜなら、俺が島を沈ませない。

そのためには……まずは情報だ。

去りゆくふたりを見送りながら、俺はマユに向かって念じた。

俺もこの島を救いたい。マユ、まずは全部話してくれ！　島の領主はいったいなにをしようとしている⁉

（……フリードくんは……食べさせようとしているんです）

食べさせる？

誰に？　なにを？

（アイランドタートルを一角鯨に食べさせる。アイランドタートルの体は呪いの反動で、呪詛そのものになっている。その肉を一角鯨が食べたら、一角鯨そのものも無事では済まない）

…………は？

そんなことになったら、アイランドタートルはどうなる？

いや、アイランドタートルだけじゃない。北の島に住む人はどうなる？

早く全員南の島に避難させないといけない。

すぐにクリスに連絡を取らないと。

（すでに避難は開始しています。呪いの発生源が北の島にあると気付いた多くの人は、南のこの島に避難している）

でも――とマユは続けた。

（北の島の住人全員を受け入れるほどの余裕は南の島にはない。資源が足りません。そのために、フリードくんは領民を呪いで選別することにしました）

ふざけるな！　人の命をなんだと思っている！　そんな思いが俺の中にあふれた。

だが、現実はどうなんだ？

フリードがすべてを打ち明け、全員で南の島に避難したらどうなる？

マユに言わせたら、食料難が起きるのは明白だそうだ。

魔物が出ない北の島のほうが、農業、漁業を含めた産業が多く発展してきた。

その島がなくなるのだから、少なくとも数年は大飢饉が起きる。

多くの人が餓死することになる。

それを防ぐためにフリードは……いや、しかし。

くそっ、クリスじゃないが、こんなときは下手に考えてもだめだ。

マユ、教えてくれ。一角鯨はいつ現れる⁉

(三日後。そう彼女……アイランドタートルは告げました)

俺にその一角鯨を倒すチャンスをくれ。

アイテムマスターの名にかけて、いろいろ作戦を用意してやるよ！

なに、安心しな。こっちは魔王に魔王の娘、ついでに天然勇者がいるんだからな。

一角鯨と戦うと決まった以上は、武器を作らないといけない。

ちなみに、一角鯨が復活する、と言ってたが、前回はどうやって倒したんだ？

(アイランドタートルの夫と私の部下二十万の魔物で攻撃をし、ようやく退けることができました。その結果、この島のアイランドタートルと、私の部下のほとんどが死ぬこととなりました)

ちなみにそのとき、すでに人間はアイランドタートルに住んでいた。その戦いのときは、アイランドタートルの妻の背で戦いの行く末を見守っていたのだと、マユは思念で語ってくれた。

マユの配下の魔物はその後、海底で少しずつ数を増やしているが、かつての一割にも満たないという。

つまり、一角鯨が完全に復活するとしたら、同じ手は使えないということか。

一角鯨の弱点は、やっぱり雷属性だよな。

でも、雷属性の攻撃のための材料ってなんだ？

いや、とにかくいまはいろいろ作ってみよう。

まず、遠距離攻撃、現在俺が使える手段としてはファイヤーボールくらいなんだから、この威力を上げたい。まずは装備で可能な限り上げよう。

そう思い、魔力の上がりそうなアイテムのレシピを模索する。

帽子か杖かアクセサリーか。

【叡智の指輪】

なんかとてもいい名前の指輪があった。指輪と翡翠、そして魔石で作ることができるらしい。

アイテムバッグからプラチナインゴットを取り出し、プラチナリングを作成。

マユに見られているが、心を読まれるなら隠すことはできないだろうということで、堂々と作る。

（友好の指輪の効果は、そこまで万能ではないんですよ）

いや、心の声にツッコミを入れられている時点で、もう隠し事する気はないよ。

翡翠と魔石を取り出して叡智の指輪を作成した。

緑の宝石のはまった指輪ができ上がる。

叡智の指輪【魔道具】　レア：★×五
世界の声を聞くことができる指輪。
世界の声、つまりはシステムメッセージ。

システムメッセージって、もしかしてあれか？　きっとそうだよな？

試しに叡智の指輪を左手小指にはめ、アイテムバッグから、今日はまだ飲んでいなかった力の神薬を出して飲んだ。

【筋力が十パーセント上がった】

世界の声、つまりはシステムメッセージが脳内に流れた！

って使えねー！

いや、役に立つかもしれないから、はめたままにしておくけど。

毒に侵されたときとか、すぐにわかりそうだしな。

でも、今回は使えない。

次だ。

次は鳴音の指輪。なんか魔法が大きく増幅されそうな気がする。

鳴音の指輪【魔道具】　レア：★★★
声が大きくなる指輪。連続で使えば使うほど大きくなる。
近所迷惑なので、使用上の注意を守ってお使いください。

次だ！
もっと使えない！　プラチナリングがレア度★四つだから、レア度も下がってるし。

銀河の指輪【指輪】　レア：★×六
宝石の中が、星々が散りばめられたみたいに綺麗に見える。
世界一美しい指輪と呼ばれる。そのため世界一高いかも。

確かに綺麗だ！
次だ！

強度の指輪【指輪】　レア：★★★
とても硬い指輪。防御力＋一。
象が踏んでも壊れない指輪。

うん、とりあえず保留。

くそ、なかなかいいのができないな。せめて、雷関係のアイテムでもあればいいんだが。

（あの、雷関係のアイテムがあればよろしいのでしょうか？）

そう声をかけた……いや、思念をかけたのはマユだった。

思念をかけるって、言葉的には正しいのだろうか？

ああ、雷関係のアイテムがあったらいいんだが。

（その銀河の指輪をくださいませんか？）

ん？　ああ、使わないからいいけど。

持って帰ってメイベルに売ってもらうつもりだっただけだし。

（ありがとうございます。では――）

マユは海をじっと見詰める。

なにをしているんだ？

（少しお待ちください。いま、呼んでいますから）

呼んでる？

誰を？

その答えはすぐにわかった。海に三十匹の魚影が現れた。

よく見ると、その魚にはふたつの大きな特徴がある。

大きな口に立派な二本の髭……ナマズか。

……琵琶湖にもいたな、ビワコオオナマズ。あれは釣るのに苦労した。

だが、魔物のためか、それよりも遥かに大きい。

（彼らはライデンナマズと呼ばれる私の部下です。彼らの髭には雷を貯める力があります）

……ライデンナマズ、デンキナマズみたいなものか？

この髭を使っていいってことか？

（はい、彼らは綺麗な宝石を心より愛しています。銀河の指輪を報酬にすることと、一角鯨を倒すためだということを話したところ、快く髭を提供してくれるそうです）

ライデンナマズにとって、髭は命の次に大事なものらしい。

それを提供してくれるのか。それは助かる。

だが、どうやって切ればいいのだろうか？

（いまは電気の放流を抑えています。素手で触っても大丈夫ですよ）

そうか。ならば……と俺は鉄のインゴットを取り出して、そこから鋏を作り出した。

そして、ライデンナマズの髭を切っていく。

雷の髭【素材】　レア：★★★
ライデンナマズが落とす髭。雷属性の効果がある。
この髭が震えると、地震と雷が同時に起こるといわれている。

雷属性のアイテムゲットだ。

それにしても、地震と雷が同時に起こるって、あと火事とおやじがあれば、日本の四大災害が成立するじゃないか。

まぁ、昔からの迷信なのは間違いないが。

魔物を殺さずに奪った素材は、魔物を殺すと消えてしまうが、その前にこれを材料にしたアイテムを作ったらなくならない。

殺すつもりはないが、一角鯨が目を覚ましたら、彼らも百パーセント無事とは限らないだろう。

俺は三十四全部の髭を切っていき、計六十本の雷の髭を手に入れた。

これでなにを作るか？

新しく追加されたレシピを見ていく。

やっぱりあったか。

白紙スクロールを取り出し、雷の髭とともにアイテムクリエイトする。

雷鳴の巻物【巻物】　レア：★★★★
雷の魔法書。使用することで雷魔法を複数覚える。
修得魔法【雷落下《サンダー》】【雷障壁《サンダーバリア》】【雷鳴剣《サンダーソード》】

二属性目の魔法書が完成した。

俺はさっそくそれを読む。

雷とは天からの裁き、なにものよりも迅《はや》く、なにものよりも鋭いその一撃は、確実に対象を捉える。

みたいなことが書かれているが、まぁ、内容は気にせずに斜め読みをした。

すると、

【雷魔法スキルを覚えました】

【雷落下《サンダー》・雷障壁《サンダーバリア》・雷鳴剣《サンダーソード》を覚えました】

【雷耐性値が上昇しました】

【×××のレベル効果により、雷魔法スキルレベルが3に上がりました】

【最大MPが20上がりました】

おぉ、システムメッセージ大活躍だ。

アイテムクリエイトスキルの×××のレベル効果により、雷魔法レベルが3に上がった。

MPも20も増えた。

次は、雷属性の武器を作っていく。

そうだ、もうひとつ、大事な準備もしておかないとな。

いざとなったときに逃げるための持ち運び転移陣を、ルシルに作ってもらわないと。

（……いざとなったら逃げるのですね）

マユがそう言う。なぜかその声は、どこか安堵が含まれているように感じた。

当たり前だ。いざとなったら逃げるよ、俺、魔王だし。

でも、それはあくまでも最後の手段だ。

なにせ、うちのバカ勇者様は、最後まで絶対に逃げようとしないだろうからな。

ちょうどそのとき、クリスからの通信が入った。

クリスからの通信イヤリングを握ると、早速彼女の声が聞こえてきた。

『コーマさん、大変なんです。前に話したマユさんって人が――』

「ああ、マユさんならこっちにいるから大丈夫だ。それより、クリス。例の薬の効果はどうだった？」

クリスに渡した薬は、呪い抑止薬ではなく、解呪ポーションだ。

クルトではなく俺が作った薬だが、解呪ポーションが通用するかどうかという実験に使わせてもらった。

人体実験をする俺――なんか魔王っぽいな。

いや、魔王は人助けなんてしないか。

『あの薬、コーマさんが用意したんですか？』

「なんのことだ？」

クリスのくせに気付いたのか。

まぁ、クリスにはいままでいい薬を使ってやったからな、気付くこともあるだろう。

もしかしたら、誰かから助言をもらったのかもしれない。

だが、そのために用意した人身御供がいる。

「あの薬を作ったのは、クルトっていう薬師だ。俺じゃないぞ」

しれっとウソをつくと、クリスは素直に信じたようだ。

『そうなんですか。じゃあ、そのクルトさんにお伝えください。あの薬の効果は抜群でしたよ』

そう言ってくれた。

やっぱり効果はあったのか。だが、北の島のアイランドタートルが呪いの原因なのだから、北の島にいる限り、いつ再発してもおかしくない。

この島の病人も、北の島に行って帰ってから呪いが発症したそうだ。

北と南の行き来は盛んらしいからな。

『ところで、どうしてマユさんがそこにいるんですか！』

「そんなことはどうでもいい。クリス、急いで領主の館に向かってくれ！　領主と話したい」

『そんなことって！』

クリスは当然怒った。説明するのが面倒なんだよなぁ。

ここは素直にこう説明しよう。

「早くしてくれ！　これはクリスの勇者としての使命なんだ！　早くしないと多くの人が死ぬことになる！」

『勇者としての使命ですかっ⁉　わかりました、すぐに向かいます』

こうして通信が切れた。ふっ、所詮はクリス、与《くみ》しやすい相手だった。

（よほど、そのクリスさんのことを信用しているんですね）

横からマユの思念が伝わってきた。

だから、恥ずかしいところの心は読まないでほしい。

マユは微笑んで俺を見ている。

信用か……信用されているのは、むしろ俺のほうだろうな。

借金＝信用というのなら、俺がクリスを信用していることになるんだけど。

さて、次は誰でも使えそうな魔道具を作るか。

木から大量に樫の杖を作り出す。

魔法使いが持っていそうな感じの杖だ。

それと雷の髭、ガラスを材料にアイテムを作り出す。

雷の杖【魔道具】　レア：★★★
「雷よ」と唱えると雷の攻撃を繰り出す魔法の杖。
ガラスに描かれた線の数だけ使うことができる。

雷の杖ができ上がった。杖の柄の部分にガラス球が埋め込まれていて、そこに五芒星が映し出されている。

線の数、ということなので、つまり五回だけ誰でも魔法を使えるということか。

「コメットちゃん、いるか！　いたらちょっと来てくれ！」

俺は大きな声を上げて叫んだ。

しばらく待つが、反応がない。聞こえてないのかな？

海の家の裏に作った、薬草と解呪草の畑で作業をしているはずなんだけど。

そうだ。こういうときのために、あれがあるんだった。


俺は鳴音の指輪を右手の指にはめ、まずは小さな声で試してみる。

そして、「あ」と呟いたつもりだった。声が何重にもなって、爆発した。

思わず俺もマユも耳を塞いだ。

周囲の木々が揺れ、海面に大きな波を作り出した。声はコダマとなって何重にも響き渡り、やがて残響とともに消えていった。

「コ、コーマ様！　なんですか、いまの声は！」

海の家の裏からコメットちゃんが飛び出てきた。

この様子だと、島中の人が俺の声を聞いたかもしれない。

ダメだ。使えない指輪だとは思っていたが、これほど使えない指輪だったとは。

まぁ、結果的にコメットちゃんが来たからいいとするか。

コメットちゃんの名前を呼ぼうとして、指輪をはめたままだったことに気付き、額に脂汗を浮かべながら指輪を外した。

「い、いや、悪い、コメットちゃん。『雷よ』と言いながら、あの岩に向かってこの杖を振ってほしいんだ」

俺が指さした岩というのは、この島に突き刺さった大きな岩だ。

「叫んで振ればいいんですね。かしこまりました」

コメットちゃんに使えないようなら、ほかの人も使えないだろうからな。

コンセプトは誰でも使える魔道具だ。

コメットちゃんは雷の杖を受け取ると強く握った。

そして、息を呑み、杖を振るいながら叫んだ。

「雷よ！」

直後、杖の先端から閃光がほとばしり、岩へと……直撃したんだろうな。

爆音とともに岩は跡形もなく消え去っていた。凄い威力だ。

「コメットちゃん、ＭＰを使った感じは？　疲れた感じはある？」

「いえ、ないです……」

「そっか」

コメットちゃんから杖を返してもらい、ガラス球を確認する。

五芒星の線が一本消えていた。

魔力の補充に関しての説明はないので、五回使ったらただの杖になるんだろう。

お、この雷の杖とトパーズを組み合わせたら、さらに轟雷の杖ができ上がるのか。

叡智の指輪のときといい、サフラン雑貨店で宝石の原石を大量に買い集めて、すべて研磨しておいてよかった。

轟雷の杖【魔道具】　レア：★★★
雷の杖の強化杖。威力だけでなく精度も増大した。
月の光を浴びることで、残数を回復させることができる。

ガラス球が黄色い宝石へと変わっただけに見える。
さっきよりも威力が上がったのか。これは皆に渡すことはできない。
使用回数が回復できるとなれば、強大な兵器を作り出したのも同じだ。
ダイナマイトを開発したノーベルの苦悩を、俺が味わうのはごめんだ。
次は剣だな。俺の分とクリスの分、あとタラの分の三本か。
雷鳴剣《サンダーソード》の魔法があるにはあるが、それでも作っておくに越したことはない。
プラチナソードと雷の髭を組み合わせてできる。

いなづまの剣【剣】　レア：★×六
雷属性の剣。力を込めて振るうことで放電も可能。
また、雷を受け止めることも、切り裂くこともできる。

思っていた通りのものができた。

名前からではなく、素材アイテムから作ったほうがいいものができるな。

「コーマ！　さっき凄い音がしたけど、なにがあったんだい⁉」

「あぁ、メアリ。クルトの様子はどうだった？」

「薬じゃなくてクルトのことを聞くんだね？」

そういえば変だな。

俺は再度、質問をした。

「薬はどうだった？」

「ああ、ばっちりだよ。完治とはいかないけど、治療できた。本当になんなんだい？　あの薬は」

「ただの薬だよ。作れる人間が少ないだけ。それで、クルトは？」

「あぁ……治療が終わった皆に感謝され、泣いていたよ」

そうか。

とだけ俺は呟いた。

それが単純な喜びなら、文句なく嬉しいんだけどな。

そうじゃないかもしれない。

俺にはマユと違って、人の心の中なんて読めない。

それでも、あいつにとってはこの時間が大切なのはわかる。

まぁ、師匠としてのプレゼントだ。

あいつが守った命だ。今度は俺が守る番……って、これじゃまるでクリスみたいじゃないか。

そのとき、通信イヤリングが震えた。

『……君がコーマ君かね？』

「あんたは？」

知らない男の声だが、聞くまでもないことだ。

なぜなら、俺の要求した相手なんだろうから。

『フリード・ガエンだ。蒼の迷宮、地下三十五階層で領主のような仕事をしている』

彼は、堂々とそう名乗った。

「そうか、あんたがフリードさんか。そうだ、俺がコーマだ。そこにいるクリスの従者をしている」

「フリードだって⁉　コーマ、いま、フリードと話してるのか？」

横でメアリが驚きの声を上げた。そして、俺が耳に当てている通信イヤリングに、メアリも耳を寄せてきた。

かなり密着し、大きな胸が俺の二の腕に押し当てられている。

そのメアリの声はきっちり通信イヤリングにも届き、当然フリードにも伝わった。

『そこにメアリがいるのか⁉　ならマユさんも一緒か』

「……ああ、ここにいる。すべて聞かせてもらった」

『そうか……よかった。本当によかった』

なぜか、フリードは安堵していた。

『コーマ君といったね。すべてを聞いたというのなら頼む。彼女をそこで保護していてくれ』

「ちょっと待て、どういうことだ⁉　あんたはマユを監禁していたって聞いたんだが」

『そうだ。五年前、一角鯨が復活する予兆があるとわかったとき、彼女は配下の魔物、そしてアイランドタートルを従わせる能力を使い、一角鯨と戦おうとしていた。だが、そんなの無謀でしかない。だから私は彼女を監禁した』

その後、彼は最後の手段として、アイランドタートルを毒の体にし、その体を一角鯨に食べさせるようにマユに命じたという。

彼女は最初、それを拒否したが、マユの友好の指輪から漏れ出た声をアイランドタートルが聞き、その提案を勝手に実行したという。そして、皮肉にも最初に呪いにかかったのは、マユの世話係をしていたランダだった。フリードはランダを養女として迎え入れることにした。

マユは自分の能力を悔いたそうだ。自分といつも話していたランダが、そして古くからの友であるアイランドタートルが呪いで苦しんでいることに。その声が友好の指輪を通じて、マユに届くのだ。

ランダの治療はすぐに行われた。自分の待遇とマユの変化を見て、彼女は自分がマユへの人質になっていると思ったそうだが、フリードはあえてそれを否定することはなかった。

それでいいと思った。ランダを人質にしてマユを従わせているという体裁があれば、マユの罪悪感が少しは和らぐと、フリードは思ったそうだ。

「……そんな……なんでそのことをあたいに話さなかった！」

『……メアリ、お前が知れば、お前も私と一緒に島と運命をともにしただろう』

通信イヤリングの向こうで、フリードはため息を漏らした。

『お前は母さんに似て優しい子だからな』

その言葉に、俺はようやく、どうしてメアリがフリードの屋敷の構造を熟知し、マユを攫うことに成功したのか理解できた。

単純な話だ。彼女は屋敷に住んでいた――フリードの娘だったということか。

『こうして話すのは、メアリが治療薬を持って家を飛び出して以来だな……その声だと元気なようだ。本当によかったよ』

フリードはさらに語る。

本当は、クリスにメアリを連れてきてもらい、マユとともに避難させる予定だったらしい。

クリスはそのことをすっかり忘れていたのだろう。

「フリードさん、北の島の人の避難はどうなっている？」

『先ほどから開始したよ。島が沈む可能性があるからと言ってね。一角鯨については話していない』

「……このまま北の島……アイランドタートルが一角鯨に食われたら、多くの人が餓死するのか？」

『南の産業と貯えを考えたところ、私が用意した食料は島民全員分で三カ月、よくて半年で尽きる』

「……なら、もう少し抗ってみないか？　北の島を救うために。そのために、マユは俺に声をかけた。戦う人間を最低三十人用意してくれ。勿論、すべての事情を話したうえで戦ってくれる人間をだ」

三十人。

化け物鯨と戦うには決して多い数ではない。

いちおう、最後の手段は用意しているが。

「武器は俺が用意する。一角鯨がどんな化け物かわからないが、俺を……俺を選んだマユを信じてくれ。蒼の迷宮三十五階層は、俺とそこのクリスが救ってやる」

しばらくして、通信イヤリングの向こうから声が聞こえた。

『マユさんと……マユ姉さんと代わってくれないか』

俺は「わかった」と返事をし、マユに通信イヤリングを渡した。

フリードとマユの関係は俺にはわからない。フリードが、マユのことを魔王だと知っているかどうかも知らない。だが、フリードが言った「マユ姉さん」という言葉を聞くと、おそらくはメアリやランダと同じように、かつては――いや、いまでも姉として慕っているのだろう。魔王は年を取らない。その事実が、こうした不思議な関係を作り出していた。

マユがフリードと話している間、メアリは俺に語りかけてきた。

「あたいはずっと……父さんは変わってしまった、守銭奴になった、病気を餌に金を稼ぐだけの悪徳商人になったと思ってた」

「そう思わせようとしたんだな」

「ああ、わかってるよ、そんなこと。だからこそ、昔の優しかったあの父さんのことを信用できなかった自分に腹を立ててるんだ」

メアリはそう言い、握った拳をテーブルへと叩きつけた。コメットちゃんが置いた花瓶が倒れ、水が零れる。

花瓶はテーブルの上を転がっていき、床に落ちて音を立てて割れた。

その表情には苦悶が浮かんでいる。

通信イヤリング越しでも友好の指輪で話せるのか？と思ったが、どうやら話はできるようだ。

通信イヤリングの向こうから『そうなのですか』などとフリードの声が聞こえてきた。ふたりの間で会話は成り立っているようだ。

「そうか……それはつらいな」

「……あたいのつらさなんて、父さんのそれに比べたら」

「フリードさんは、島とともに死ぬつもりだった」

さっき話したときにそう語っていた。

決意に満ちた意志のようなものがあった。

「なぁ、コーマ。あたいも一緒に戦えないか？」

「メアリには、できれば南の島の護衛を頼みたい。一角鯨が来るとき、魔物が活性化して襲いかかってこないとも限らない」

実際に、メアリたちは先ほどシーダイルに襲われたばかりだ。

だが――そう言ってもメアリは納得しないだろうな。

「頼む」

そう頭を下げたメアリに、俺は嘆息を漏らす。

「じゃあ、島の護衛はグーとタラに任せる……が、危険だぞ」

「わかってる」

本当に、あの親にしてこの子ありってことか。

マユが通信イヤリングを返してくれた。

話が終わったのだろう。

『コーマ殿、頼みます。我々とともに戦ってください。できる限りの人数をこちらで用意します』

そう言うフリードに、俺は頷いた。

「ああ、大船に乗ったつもりで任せてくれ」

大亀に乗った領主に向かって、俺はそう宣言した。

「一角鯨を……三十五階層の魔王を俺が倒してやるよ」

ついでに、一角鯨を魔王に仕立て上げることにした。

魔王討伐宣言の翌日の朝。つまりは一角鯨が現れるまで残り二日。

俺はメアリ、マユ、さらに五人の海賊の男とともに南の島の北端にある町に向かった。

そこはすでに大勢の人でごった返していた。北の島からの避難民が到着したのだ。

彼らの顔はかなり憔悴していた。伝説の魔物、一角鯨が実在し、あと二日で襲いかかってくる。

そんな伝記の中でしか聞いたことのない話が、現実に起こるというのだ。不安にならないわけがない。

人の波を抜けて、港へとたどり着く。

そこで待っていたのは、執事服を着た、白髪頭の初老の男だった。

彼が案内人らしい。

「メアリお嬢様、そしてコーマ様、マユ様。皆様方をお待ちしておりました」

「ブラン爺、久しぶり」

メアリはバツの悪そうな顔でそう言った。勝手に家を出て海賊行為をしていたのが、後ろめたいのだろう。

だが、ブランはただただ笑顔でメアリを迎えた。

俺たちはブランの案内で定期船に乗り込んだ。当然だが、乗客は俺たちだけだ。

この船もスクリューと魔石によって動くようだが、速度はボートよりは遅い。

人が走るのと同じくらいの速度しか出ないが、まぁ、水蜘蛛改で北の島まで走るのに比べたら楽なものだ。

アイテムマスターとして気になったので聞いたところ、船は魔石（低）一個で二十分ほど動き続けるらしい。

コストパフォーマンス的に、それがいいのか悪いのかはよくわからない。

迷宮の中とはいえ、風は多少吹いているので、帆を張って進めないのか？　と聞いたところ、ブランは首を傾げただけだった。

どうやら、スクリューという魔法道具を手に入れたせいで、当たり前の帆による航海の技術が、ほとんど進んでいないみたいだな。

ちなみに、このスクリューは二十個ほど保管されているが、新たに作ることはできないらしい。

三年に一個くらい故障することがあるそうなので、単純計算で六十年経てば在庫がなくなることになる。

スクリューは、鉄、防水ペンキ、回転装置の三つがあればアイテムクリエイトで作成できるので、すべてが終わったらフリーマーケット経由で販売してもいいかと思う。

ほかにも需要はありそうだ。

船は海を掻き分けて進み、昼過ぎには北の島にたどり着いた。

入れ替わりに、まだ北の島に残っていた大勢の避難民が船へと乗り込んでいく。

客室だけでなく甲板まで人で埋め尽くされ、明らかに定員をオーバーしていて、沈没しないか心配になる。だが、定員を守れとは言えない状況なので仕方がない。

船のことは船員に任せ、俺たちは領主の館へと向かった。

坂を上っていく途中も、多くの荷物を持つ人とすれ違う。

だが、あれだけの荷物、おそらく乗船前にチェックされ、最低限の荷物しか持ち込めないだろう。

どうしてもすべての荷物を持っていきたいのなら最終便にしろ、とか言われそうだ。

命あっての物種、できれば荷物は置いていってもらいたい。それに、俺がこの島を守ったとき、もう一度持って帰るのは面倒だろう。

ほかにも、子供を抱きかかえて港へと走る母親の姿や、年寄りを背負って港へと向かう女勇者の姿もある。避難は着実に進んで――

「って、クリス⁉　お前、なにしてるんだ？」

「あ、コーマさん！　それにそちらはあのときの海賊さんたち！　大変なんですよ、この島を一角鯨が襲うそうなので、私は避難のお手伝いをしているんです」

「……見ればわかるが……クリス、その人を港に届けたらすぐにフリードの屋敷に行くんだ。いいな」

「わかりました！　では、お婆さん、しっかり掴まっていてください」

「あいよ、嬢ちゃん！」

背の低いお婆さんはそう言うと、クリスの背をしっかりと掴む。

そして、クリスは全力で港へと走っていった。アグレッシブなクリスだが、それに振り落とされずに掴まっている婆さんも凄い。

「コーマ、あの勇者と知り合いなのかい？」

「ああ、俺はあいつの従者だからな」

「それにしては、あんたのほうが偉そうだけど」

「俺はクリスの借金の債権者なんだよ。だから俺のほうがいまは偉い」

自分で言って、変な関係性だと思わなくもない。

それでも、メアリは怪訝な顔をしながらも納得はしてくれたようだ。

俺とクリスが三十五階層に来たとき、ふたりは剣を交えたという。

メアリは幼い頃、母親から英才教育で剣術を学んできたのだが、クリスには手も足も出なかったそうだ。

男に負けるならまだしも、同じ……しかも年下の女に負けたのが少なからずショックだったと語った。まぁ、クリスはただでさえ強いのに、俺の力の神薬や反応の神薬で強化してるからな。

俺と出会う前のクリスだったら、勝負の結果は変わっていたかもしれない。

ブランの案内で俺たちはさらに坂を上り、フリードの屋敷へとたどり着いた。

「正門から入るのは久しぶりだよ」

メアリが感慨深げに呟いた。そして、仲間の海賊たちにここで待つように伝えると、俺とマユと三人で門をくぐる。

秘密の抜け道からは、何度か忍び込んだことがあるんだろうな。

メアリが玄関の入口を開けると、恰幅のいい男が待っていた。

彼がフリードなのだろう。

「父さん……そんなにやつれて……」

「やつれてっ⁉」

メアリが手で口を押さえ、目に涙を浮かべて、とても悲しそうに言う。

え？　恰幅のいい、とても健康そうな男に見えるけど。

「以前は山と見間違えるくらいの巨体だったのよ」

「いろいろとあってな。体重も七十キロ減った。お陰で腹の皮があまって困っている。ところで、メアリ、その目は……」

「ああ、彼に治してもらったんだ。とてもよく効く薬をもらってね」

「おぉ、それはそれは、本当に娘が世話になりました」

フリードはそう言い、俺の手を握った。

「できることなら、いますぐお礼をしたいのですが、もうこの館に金に換えられるものはほとんどなく……そうだ、島の領主の地位を」

「いりません。ていうか、そんな大事なもの軽々しく人に渡すな」

「いいえ。もしもコーマ殿の作戦が失敗したら、この島は消えてなくなるのです。仮に島が残ることがあれば、コーマ殿こそこの島の領主に相応しい」

そう言われたらそうかもしれないが、俺はこの島の領主になんてなるつもりはないぞ。領主とかって、かなり面倒そうだしな。

なんて思っていたら、

「フリード様……」

奥からそう言って、鞄を持った可愛らしい女の子が現れた。

「ランダか……準備はできたか？」

ランダ……確か、フリードの養女だ。

クリスにマユを誘拐するように頼んだ女の子だ。

「フリード様、申し訳ございません。私、フリード様のことを勘違いしていて」

「いや、お前のことをマユさんへの人質にしていたのは事実だ。だが、それでも君も私の娘だ。すべてが終わったら、また戻ってきなさい」

「はい……フリード様」

彼女はそう言うと、鞄を持って出ていった。

あの鞄、どこかで見たことがあると思ったら、俺が作ったアイテムバッグじゃないか。

なんでこんなところにあるんだ？

「あの鞄は冒険者ギルドから借りているものです。中には小麦粉が二トン入っている」

「……冒険者ギルドに行かれたんですか？」

「ああ。島の者なら全員知っているんだが、この島からさらに北に行ったところにある壁に転移陣があってね。そこから蒼の迷宮三十三階層に転移できる」

「え？　そんなところあったかな……」

「隠し部屋にあるからね。外部の人間は一部しか知らない。ギルドマスターは知っているはずだが、聞いていないのかね？」

「聞いてません」

その転移陣さえ知っていれば、三十四階層から落下せずに済んだってことじゃないか。

くそ、あのギルドマスター。説明くらいしっかりしてくれ。

(三十四階層より上では、私の許可書代わりの珊瑚のネックレスを首からかけていれば、襲われることはありません)

マユが思念で追加の説明をしてくれた。もしかしたら、俺が倒した鮫たちもマユの部下だったのか。それは悪いことをしたな。

フリードはギルドから特別な許可をもらい、十階層から蒼の迷宮へ入ることも許されているのだろう。となれば、食料も地上で買い集めていたってことか。

それと、もうひとつ。

こうなることを、あのギルドマスターは知っていたことになる。

まんまと乗せられた感じがするな。

まぁ、乗ったものは仕方がない。

沈没するまでは付き合うって決めたからな。

「コーマさん、お待たせしました」
クリスが帰ってきた。よし、役者も揃ったな。
さて、作戦準備といきましょうか。
とりあえず、俺はアイテムバッグから、昨日までに作ったアイテムを取り出した。

雷の杖【魔道具】　レア：★★★
「雷よ」と唱えると雷の攻撃を繰り出す魔法の杖。
ガラスに描かれた線の数だけ使うことができる。

雷の杖、四十本。使用回数は五回、回数に限りがあるので練習はできない。

エレキボム【投擲】　レア：★★★★
留め金を抜くと十秒後に強大な雷を発生させる。
周囲五十メートル以内に近付いてはいけない。

擲弾筒《てきだんとう》【魔道具】　レア：★★★
爆弾や石を遠くに飛ばすために使われる魔道具。
エネルギーとなる魔石の質に応じて、飛ばせる回数が異なる。

エレキボム十個と擲弾筒二本。

これは非常に強力なため、使う人を選ばないといけない。

投擲筒は魔石さえ交換すれば何度でも使用できるので、石を詰めて目標に当てる練習をしようと思っている。

いなづまの剣【剣】　レア：★×六
雷属性の剣。力を込めて振ることで放電も可能。
また、雷を受け止めることも、切り裂くこともできる。

いなづまの剣三本。

俺とクリス、そしてメアリが使う予定。

ただ、これを使うということは接近戦をしているときだから、できれば出番がないまま終わってほしい。

水蜘蛛改【靴】　レア：★×五
水の上を、大地を踏み締めるように歩くことができる靴。
名前だけとはもういわせない。逆境に打ち勝った。

雷の護符【アクセサリー】　レア：★×五
　雷耐性を高める護符。
　冬の静電気が苦手な方にお勧め。

水蜘蛛改も三人分用意してある。
雷の護符は、味方の雷攻撃を喰らってもダメージを受けないために作った。
そして、フリードも用意したアイテムを取り出した。
それは袋に入った粉であり、
「魔物寄せの粉か」
鑑定を使わずとも、俺にはすぐにわかった。
それでも鑑定すると、こういう結果になる。

魔物寄せの粉【薬品】　レア：★★★
　魔物の好きな香りの粉。使うと周辺の魔物を引き寄せる効果がある。
　使いどきを間違えたら、取り返しのつかないことになる。

どうして袋に入った状態でわかったのか？

その理由は、これは俺が作ったアイテムだからだ。

俺が作り、フリーマーケットで販売していた薬だ。

フリードが、地上にある有名な魔法ショップで買ったと言ったから、さらに確信が持てた。

「これを使い、島に一角鯨をおびき寄せる予定でした。ですが計画を変更し、北の海に撒きましょう」

「一角鯨だけでなく、ほかの魔物も来そうだな……」

マユの配下の魔物が、魔物寄せの粉に引き寄せられる可能性はあるのだろうか？

（大丈夫です。私の配下の魔物にはその日、南の海域に避難するように伝達しておきました）

マユから思念が伝わってきた。そうか、それなら安心して現れた魔物を全滅させられる。

ついでに、そのマユの配下の魔物には、南の島の周囲を警戒してもらおう。

魔物寄せの粉が一角鯨に百パーセント通用する、という確証はないのだから。

（そんな不安めいたことを言われると、こっちも不安になります）

口には出さないよ。少なくとも、俺が作った魔物寄せの粉アイテムは最高品質だ。

むしろ効果がありすぎて驚くなよ。

「引き寄せられたほかの雑魚も雷の杖で巻き添えにできるだろ。それより、人員の問題だ。事情を話したうえでついてきてくれたのはこっちは五人だが、そっちはどうだ？　後方支援なども含めてやっぱり三十人はほしいんだが」

「ああ、それは……」

フリードはそう言うと、部屋の奥の扉——食堂へと続く扉を開けた。

そこに、四十名の男たちが座っていた。

そのうちの二十人は、船や館、町の護衛をしていた男たちだと、クリスが教えてくれた。

うん、それはわかる。兵の格好をしているから。

だが、問題は残りの二十人だ。

「なんで、全員パジャマなんだ？」

俺は彼らに問いかけた。

そう、彼らは全員やつれた顔でパジャマ姿だった。

だが、やつれていても目には熱い炎のような煌めきがある。

「悪いか、兄ちゃん。なにせ俺たち、昨日までは寝たきりの患者だったからよ」

男のうちのひとりが代表して言った。

寝たきりの患者？

どういうことだ？　と思ったら、クリスが俺の耳元で囁く。

「クルトさんが用意した薬で助かった皆さんです。全員元気になって、事情を話したら島のために戦いたいと」

あぁ、だから寝たきりだったのか。って、そんなことはわかってる。

俺が言いたいのは、こいつらはフリードのせいで、呪われて苦しんでいたんじゃないのか？

フリードには、ともに戦う人にはすべてを説明するように言ったはずだぞ。

「俺たちは、フリードとはそれはそれは古い付き合いでよ、兄弟みたいに育ったんだ」

「兄ちゃん、俺たちはすべて知ってたのさ。フリードから直接聞かされた。そのうえで自分たちが呪いを受け入れる道を選んだ。罪をともに背負い、ともに死ぬ覚悟で」

「俺たちの分の薬はほかに回すように頼んでな。俺たちが死ねば、その分誰かが生きられる」

「愛する家族のために死ねるなら、本望だって思ったんだ」

彼らは言った。彼らだけが、最初から薬を一切飲まなかった。

だから、彼らが一番重体だった。最初から、この島とともに運命を閉じる予定だった。

「でもまぁ、生き延びちまったようだからな。どうせ諦めていた命だ、派手に使ってやろうって思ったわけよ」

「おうよ、あっしらは死兵となって戦うつもりさ」

「ちなみに、この戦いでも生き延びた報酬は、フリードの野郎を一発、ぶん殴ることだ」

「ああ、痩せたとはいえ、殴り甲斐のある体だからな」

男たちは豪快に笑った。とてもではないが、寝たきりだったとは思えない。

フリードはかなり人望の厚い領主なんだな。

「よし、じゃあフリードさんと五人は後方支援に回ってもらう。海賊たちと兵士二十人、生き延びた患者十五人は雷の杖で攻撃。俺とクリスは擲弾筒を使ってエレキボムで攻撃。エレキボムが切れ、それでもなお一角鯨が倒れないようなら、そのときは接近戦になるかもしれない」

診察眼鏡により、一角鯨のＨＰを確認。すべての策が尽きたとき、解呪ポーションを使ってアイランドタートルの呪いを解き、戦わせる。

という作戦もある。

だが、それだと万が一失敗したとき、アイランドタートルの呪われた肉を食べさせて、一角鯨を呪殺する手段が取れなくなる。

いや、そもそもアイランドタートルの肉を食べて、一角鯨が死ぬという確証もないのだ。

そして、本当の最後の手段は残してある。

俺の秘密を知る者以外、誰にも言えない最後の手段が。

第五章　約束のチョコレートクッキー

嵐の前の静けさ、といったところだろうか。とても穏やかな海。

北の島のさらに北の海上に移された四つの浮島の上に、俺たちはいた。

もともと農業用に作られた浮島に、スクリューを付けてここまで運んできたのだ。

一辺三キロメートルの正方形、その四つの角にそれぞれ浮島を配置。

一角鯨は、この海底のどこかに封印されている。封印巨石という名のアイテムの中で眠っているらしく、この状態だと索敵眼鏡を使っても、どこにいるかわからない。

封印巨石か。こんなときじゃなければ、アイテム図鑑に登録するために海の底に潜りたいんだが。

さすがにそれは不謹慎だし、そもそもいまからだと潜っている間にタイムアップになる。

索敵眼鏡の効果範囲を最大にしたところ、まず最初に目につくのは一番大きな赤。アイランドタートルだ。ほかには南側に赤い点が固まって見える。マユの配下の魔物だろう。

あとは海全体に赤い点が見える。これはマユの配下の魔物ではない。シーダイルだと思う。

結構な数がいる。

本来はこの海にいる魔物じゃないらしいのに。

まるで琵琶湖で繁殖したブラックバスみたいだ。

「マユ……封印の状況はどうだ？」

俺が尋ねると、後ろで控えていたマユが思念で答えた。

（一角鯨の強い怒りを感じます。もう一刻の間に封印が破れるかと）

離れていても感じるほどの怒り。相当なものなのだろう。

長い間、石の中に封印されていたんだから当然かもしれないが、その怒りをどうにかエコエネルギーとして利用できないものか。

怒りをエネルギーに変換するアイテム……ありそうだな。

（コーマ様は本当に、昔からなにかを集めるのが好きなんですね）

あぁ、本当に昔からなにかを集めてばかりで。

ってあれ？　そのこと、マユさんに伝えたっけ？

（いえ、コーマ様はまだなにも伝えていませんよ。かつて伝えてもらっただけです）

マユが妖艶な笑みを浮かべてそう語った。

……？　混乱してきた。

まだ伝えてないけど、かつて伝えた？

（コーマ様がこの言葉の意味を知るのは遥か先のことです。いまは目の前の敵に集中しましょう）

ええ、なんだよ、それ。

かなり気になるセリフなんだけど。どこの伏線だよ。

でも、確かにいまは目の前の敵に集中しないといけない。

俺は振り返ると、緊張した様子で擲弾筒を握るクリスを見て、ふぅ、と息を漏らした。

彼女がここまで緊張するのは珍しいことだ。

「クリス、大丈夫か？　お前の一手がこの戦いにおいて、戦局を大きく左右するんだからな」

「わ……わかってます。はい、大丈夫です。コーマさんのダサイ眼鏡を見たら元気が出てきました。でも、眼鏡ひとつでもダサイのに、ふたつかけたら輪をかけてダサイですね」

悪かったな。俺はいま、索敵眼鏡と診察眼鏡の二重使用だからな。

「メアリも準備はいいな。あと、絶対に喋るなよ」

俺が問いかけたら、メアリが無言で頷いた。

よし、ここまでは問題なく進んでいる。

昨日俺が伝えた作戦も全員が理解してくれている。

想定外だったことといえば、行方をくらませていたタラが、昨日結構な深手を負って帰ってきたこと。

こういうときのためにルシルに新たに作っておいてもらった持ち運び転移陣で、一度南の島に戻り、タラから事情を聞いたが、なにがあったかは「話すことができない」とのこと。

そのため、それ以上深くは追及しなかった。なにか事情があるのだろう。

幸い、怪我もアルティメットポーションを使って完治したので、コメットちゃんとともに南の島の護衛に専念してもらうことにした。

コメットちゃんもタラも重要な戦力だが、失敗して逃げることになったとき、助けるべき仲間が多ければ混乱することになる。

俺にとって一番重要なのは、自分の命に加え、ルシル、コメットちゃん、タラ、クリスの命だ。

正直に言えば、ほかの人の命は、優先順位はかなり低い。

クリスを同じ浮島に配置したのも、最悪の事態が起きたときに、彼女を無理やり転移させるためだ。

絶対にクリスに怒られることになるだろうが。

そう思ったとき、突如として風が止まった。

(――――復活しましたっ！！！！)

マユの声が伝わった。

あぁ、俺にも伝わってきた。

アイランドタートルほどではないが、大きな魔物の気配を索敵眼鏡により、海の底からはっきり捉えた。

「メアリ、クリス！　来たぞ！」

俺が叫んだ直後、俺たちは耳を塞いだ。

『『一角鯨が復活したぞおおおおおおおおおおおおおおっ‼』』

メアリの声が爆発した。

鳴音の指輪による拡声効果だ。

音が伝わるまで、十数秒ほどの誤差がある。

だが、それでも作戦の経過状況を明確に伝えられる。

通信イヤリングを人数分作ってもよかったが、怒号が飛び交う戦場になれば、大きな声のほうがいいだろう。

「クリス！　頼む！」

俺が手振りを加えてクリスに命令した。くっ、まだ耳の奥がギンギンする。

「はい、わかりました！」

クリスが擲弾筒に詰めた弾を放った。

弾は練習通り孤を描いて四つの浮島の中央に着水した。

「やりました、コーマさん！」

「ああ、ここからが本番だ！」

弾の外側はすぐに水に溶ける素材で作った。

外殻が溶けると、中に入っていた魔物寄せの粉が溶け出す。

索敵眼鏡を見ると、海中に広がっていた赤い点がこちらに向かって移動を始めた。

そして、第一目標の敵もこちらに向かってきている。


再び俺たちは耳を塞ぐ。

『『敵がこっちに向かってきた！　浮島に上がってくるシーダイル以外の魔物は無視だよ！』』

近くにいたシーダイルは浮島の横を通過していき、魔物寄せの粉へと一目散に向かっていった。

だが、あんな小物は全部無視だ。

シーダイルの数は数十匹にもなり、その数はさらに増えていく。

だが――本当に、そんな数など本当になんの意味もなかった。

なぜなら、そのシーダイルの真下に巨大な影が現れたから。

その巨大な影はさらに大きくなっていくと――海面にいたシーダイルをすべて呑み込んだ。


鯨が立った。

三十メートル以上の高さにまで立ち上がった――こちらからは腹の部分しか見えない。角など天井に到達しそうなくらいの高さにまでなっている。


「撃てぇぇぇっ！」

俺の怒号とともに、四十本の雷の杖と、俺の持つ轟雷の杖が振るわれた。

四方から巨大な雷が天へと延び、天井すれすれに集まり、巨大な一本の槍となって一角鯨の角へと降り注いだ。

その光景は、まさに神の裁きといえばいいだろうか。

圧倒的な威力に――だが、俺は悪い意味で己の目を疑った。

【HP37852571／40230000　MP0／0】

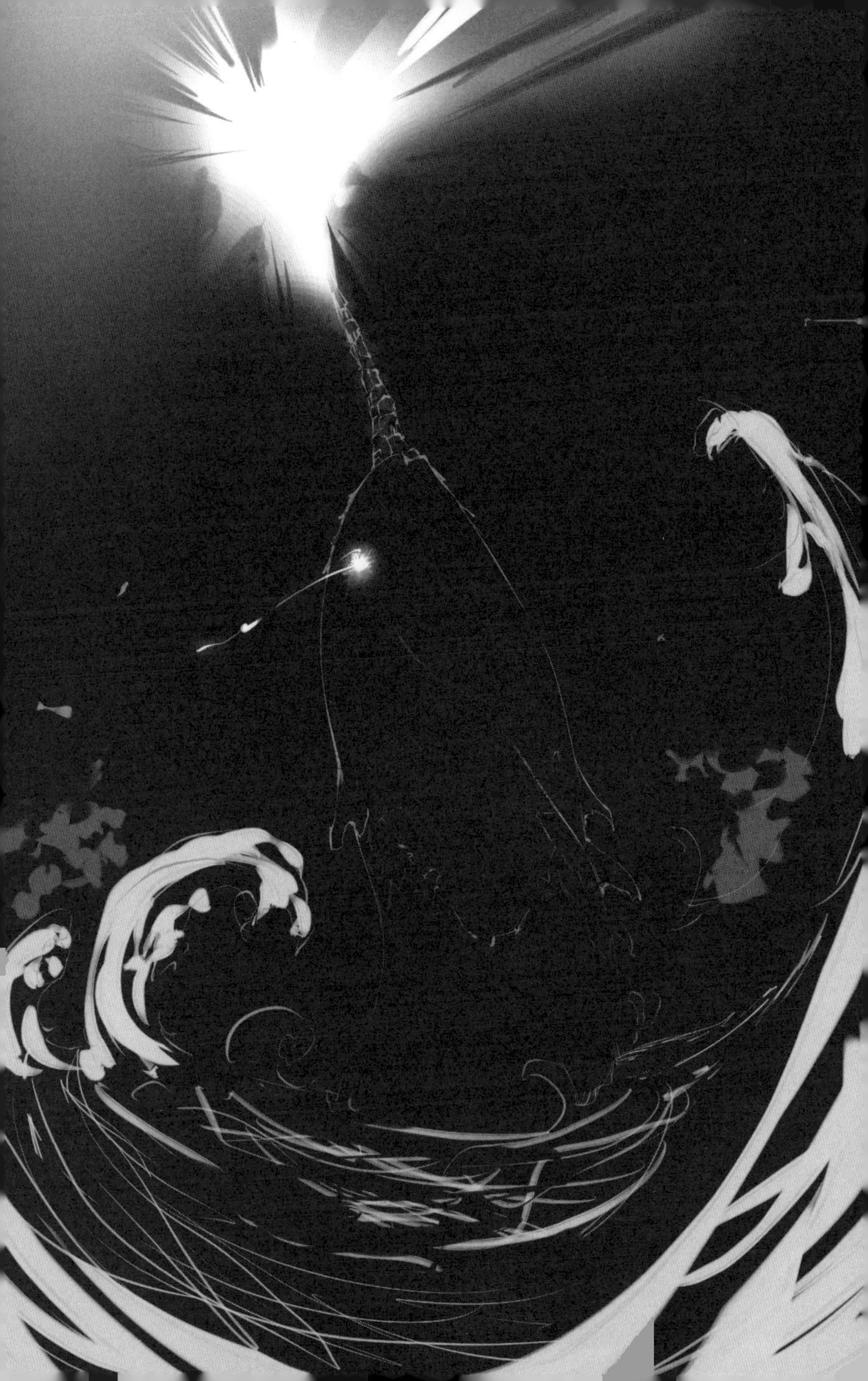

ＨＰ４０００万オーバー……。

２００万以上ものダメージを与えたものの、その強大な姿を見て俺は反省せざるを得ない。正直、甘く見ていた。


再度、雷が轟き、一角鯨を貫いた。二度目の雷の杖による攻撃。

最初のときと違い、タイミングが大きくずれてしまったが、すべての雷は一角鯨の角に吸い寄せられるように命中していった。

だが、一角鯨はその攻撃をものともせずに、巨体で海面を押し潰した。

海が一角鯨から逃げるように、大きな波となってこちらに押し寄せる。

「身を低くしてなにかに掴まれっ！」

俺が叫び、全員が伏せた。

俺たちの乗っていた浮島は大きく傾き、流された。

索敵眼鏡によると、海面にいたはずのシーダイルの数は三匹ほどにまで減っていた。

残りはすべて一角鯨に呑み込まれたのだろう。

「メアリ、スクリューでもとの位置へ！　クリス、エレキボムを使う！」

メアリが無言で頷き、クリスが「わかりました」と返事をした。

留め金に丈夫な糸の付いたエレキボム。留め金をぎりぎりまで外し、糸の先端の輪っかを強く握って擲弾筒の中に放り込む。

そして——擲弾筒から放たれたエレキボムは、糸により留め金を外されて飛んでいった。

俺の撃った弾は一角鯨の僅か前方に、クリスの撃った弾は一角鯨を捉え——留め金が外れてきっかり十秒後。

雷が爆発した。

エレキボムは十秒もの間雷を放電し続けたのだ。

一角鯨の唸り声が音の衝撃となって伝わってきた。

【HP3125329０／40230000　MP0／0】

いまので300万近いダメージか。これを五回喰らわせたら1500万。雷の杖五回で1000万。

どう見ても1000万以上足りない。

事前の予想通り、一角鯨は雷が弱点なのは間違いないようだ。

一角鯨が大きく方向を変えた。

なにをするつもりかは知らないが、時間が許す限り攻撃の手を休めるわけにはいかない。

俺たちは三度目の雷の杖による攻撃のために杖を振るった。

四方から放たれた雷が一角鯨の真上に集まり、一度に降りかかる。

タイミングもばっちり——のはずだった。

なのに——一角鯨は再度その巨体を持ち上げ、己の角でその雷を受け止めた。

【HP300323345／4023000000　MP0／0】
HPがあまり減っていない。
いったい、どうして――？
「コーマさん！　角が光ってます‼」
クリスの叫び声に、俺も気付いた。
一角鯨の口元から伸びた巨大な角が――蒼く輝いていた。
まさか――
「やばいっ！　メアリ、二番浮島の奴らを避難させ――」
俺が言い切る前に、光が左方向の浮島を呑み込んだ。
一瞬だった。
浮島の表面が僅かに残っているが、その上には影ひとつ見えない。
あそこにいたのは、メアリの部下の海賊たちと、病み上がりの男たち、十二人だ。
彼らの命が一瞬にして摘み取られた。
「喰らった雷を帯電して撃ちやがったのか……」
あんなのを喰らったらひとたまりもない。
それに、人数だけでいえば、こちらの四分の一以上が消えたことになる。
後ろを見ると、メアリが無言で涙を流していた。
だがその手には、まだ雷の杖が強く握られている。

「くそっ……クリス！　擲弾筒で再度エレキボムを撃つ！　全部撃ち切れ！」

「わかりました！」

雷の杖の攻撃は、角で受け止められてしまえば、再度あの攻撃を喰らってしまう。

その攻撃の矛先がこちらに向けば――雷の護符で防げるものなのか？

それに、雷の護符を装備していないマユはどうなる？

俺は連続でエレキボムを撃った。

計六個のエレキボムが、強大な爆発を起こす。

だが、それでも一角鯨のＨＰはまだ半分以上残っていた。

「これでラストだ！　クリス、いくぞ」

「コーマさん、私のはさっきので最後です」

「十個用意したはずだろ……くそっ」

焦りが手元を狂わせ、エレキボムは一角鯨よりも少し先の部分に着水、爆破。

それでもダメージは喰らわせることができたが――

【ＨＰ２０１３４２６８／４０２３０００　ＭＰ０／０】

残り約半分。

だが――最大の攻撃手段であるエレキボムが尽きた。

残りは雷の杖のみ。それを使えば――

『『躊躇するな！　雷の杖を使うよ！』』

メアリが叫んだ。

バカ、そんなことをしたら再度あの電撃が——

対角線上にいる浮島から雷の光が放たれたのを合図に、右側の浮島からも雷が放たれ、メアリも雷の杖を放った。

雷を感じ取った一角鯨が再度その巨体を持ち上げ、角で雷を受け止める。

「くそっ、撃つなぁっ！　《火炎球》《ファイヤーボール》！」

俺の破れかぶれに放った火の球が一角鯨に届く直前に——一角鯨はその体を俺たちとは反対方向に倒し——巨大な雷光を放った。

浮島にいたはずの兵士たちを全員呑み込んだ。逃げる暇なんて与えない無慈悲な攻撃。

そこには兵だけでなくフリードもいたはずだ。

そして、雷の杖の使用回数は残り一回。

ダメだ、勝ち目がない。

俺の放ったファイヤーボールも、一角鯨に命中はしたが、与えられたダメージは２００程度。一角鯨からしたら、蚊に刺された程度のダメージだったのだろう。

クリスは俺に背を向けている。彼女の首元に攻撃を加えて気絶させ、一緒に転移陣で逃げる。

マユとメアリも一緒に来たければ、ついてくればいい。

三十六計逃げるに如かずだ。

クリスに攻撃を仕かけようとした、そのときだった。

「コーマさん！　あれ！　フリードさんです！」

「え？」

そこに見えたのは、確かに体の大きな男――フリードだ。

よかった、咄嗟に逃げ出せたのか。

そう思ったが――フリードは向きを変えると、一角鯨のほうへと向かった。

彼の右手には袋が握られていた。

あの袋――

「くそっ、あいつ、もうひとつ持っていやがったのか！」


魔物寄せの粉。

フリードはその粉を己の体へと振りかけた。

一角鯨はその匂いに気付き、巨体をフリードのほうへと進めた。

そして、フリードの姿は一角鯨によって見えなくなる。

「メアリ、黙って聞け！　フリードさんの左手に握られていたのはエレキボムだ」

十個作ったはずなのに一個なくなったと思った。だが、それはフリードが勝手に持ち出したものなのだとわかった。

己の体に魔物寄せの粉をかけ、エレキボムを持っていた。

ならば、することはひとつしかない。

メアリもそれに気付き、顔を青くしてその場に頽《くずお》れた。

直後、彼は領主として最後の役目を果たしたのだろう。

フリードがその命を犠牲にして巻き起こした爆発は、一角鯨の強大な呻き声を生み出した。

体の中からの爆発。それは角で受け止めることもできない、強大な一撃。

だが、それでも――

【HP982426８／４０２３００００　MP０／０】


それでも絶望は止まらない。


黒い巨体と、口元から伸びる角が、まだその場に留まっていた。

よくいえば敵のHPが四分の一まで減ったと考えられる。

だが――半分以上の人が死に、武器もほぼすべてを失った。

残された攻撃手段があまりにも少ない。

「コーマさん！　メアリさん！　こうなったら接近戦です！」

クリスが言う。座り込んでいたメアリも立ち上がり、俺の横で鳴音の指輪を外して俺に投げた。

「……あぁ、父さんの仇、この手で取ってやる。マユ姉さんはサポートをお願い」

「ふたりとも、待て！　俺たちがかなう相手じゃない！　逃げるぞ！」

俺は叫んだ。

「ここまでＨＰが減ったんだ。アイランドタートルを食わせたら確実に呪殺することができる。俺を信じろ！」

そんな確証などない。自分で言ってて、自分の言葉がまったく信じられない。

俺はただ、ここから逃げることに舌を集中させた。

「もしアイランドタートルと一角鯨を戦わせたら、いまならアイランドタートルが勝てるかもしれない」

そんなわけがない。

マユから聞かされた話だと、アイランドタートルはＨＰは高いが攻撃力は高くない。

その高いＨＰも呪いのせいで減っている。実際、診察眼鏡で見ても、ＨＰは９０万程度しか残っていない。

人間よりも遥かに高いＨＰだが、勝てるわけがない。

「そうだね。コーマの言う通りだ」

メアリはそう言い、一角鯨を見詰める。よし、メアリを説得できたら、クリスもなし崩し的に無理やり連れて——

「でもね、私は最後まで戦いたい。父さんの死を無駄にしないために」

「そうですね。私も勇者として最後まで戦います！」

クリスはそう言い、いまにも飛び出しそうな構えを取る。

逃げることなど微塵も考えていない様子だ。

それに、俺の怒りがぶちまけられた。

「ふざけるなっ！　お前らは一角鯨のＨＰを見ていないから、そんなことが言えるんだ！　いいか、あいつは――」

「コーマさん、私にはしっかり見えています。私が逃げ出したときにどうなるかという、未来が見えていますよ」

クリスは言い切った。

「ここで私が逃げたら、一角鯨はアイランドタートルを、皆の住んでいた北の島を食べるんですよね。多くの人の故郷がなくなっちゃうんです。ならば、私はここを退くことはできません」

「コーマ、ありがとうね。あんたの作ってくれた武器や道具がなければ、あたいたちは戦う術もなかった。あんたは逃げていい。あとはあたいたちに任せな」

直後、接近戦になったときのための作戦通り、マユの無詠唱の水魔法により、あたりに霧が立ち込めた。

霧が出ている状態だと、雷の杖やエレキボムの照準が狂うだけでなく、威力も弱くなるということで使わなかった。

ただの霧ではなく、幻を混ぜ込んだ霧のため、霧の中には海上を走る多くの人間の姿が見える。

「コーマさん、安心してください。私は勇者です。必ず生きて帰ります」

そう言って、先に走り出したメアリを追って、クリスは海の上を駆けていく。

そして、浮島には俺とマユだけが残された。

「……マユ、お前は逃げなくていいのか？」

俺は静かにそう問いかけた。

(私が逃げ出したら、この霧を維持できなくなります。そうすれば、メアリとクリスさんが一角鯨に狙い撃ちされます)

マユはそう言った。つまり、彼女も逃げないということだ。

まったく……本当にバカばかりだ。

「俺はもう行く」

そう言い、俺はアイテムバッグから持ち運び転移陣を取り出し、その中に入る。

一瞬のうちに景色が変わった。

そこは、港だった。

南の島の港ではない。

なぜなら、ここからでもしっかりと、北の方角に一角鯨を見て捉えることができた。

「北の島の港よ、コーマ」

声のした方向を見ると、いつもの黒いドレスに身を包んだルシルが俺を見詰めていた。

とても優しい顔で。

「ルシル……俺は南の島で待ってるように言ったはずなんだが」

ルシルには魔石を十分な数、持たせていた。

それを使えば、北の島まで転移することは可能だろう。

だが、ここは危険だ。できればすぐに避難してほしい。

「こういうときくらい、傍で見ていたかったの……それにしても、とんでもない化け物が出たものね」

「ああ、だから俺は逃げてきたんだ」

「そう……それが賢明だと思うわ。人間がかなう相手じゃないもの。まぁ、コーマは魔王だけどね。それで、クリスは一緒じゃないの？」

「ああ、あいつは戦うそうだ。まったく、どこまでいっても勇者だな」

一角鯨のＨＰが僅かだが、本当に僅かだが減少していっている。クリスとメアリが戦っているのだろう。

俺とは違う。本当にバカな勇者たちだ。

バカでバカでバカで……本当にうらやましいバカだ。

なんであそこまで真っ直ぐに進めるのか。

「ルシル、魔王城に戻ったらなにをしようか」

「そうね。前にコーマが言ってた、チョコレートクッキーが食べたいわ」

ああ、そういえば作ってやるって言ったような気がするな。

クッキーとチョコレートを一緒に食べたら美味しいと気付いたルシルのために、作ってあげるって。

「そうだな。アイテムクリエイトで作ってもいいし、チョコとクッキーの材料さえあれば手作りでもいいかもな」

「アイテムクリエイトで作ったほうが美味しいんじゃないの？」

「アイテムクリエイトだと愛情が込められないだろ」

俺はそう言い、ため息をついた。

そうだ。俺はチョコレートクッキーを作らないといけない。

だから生きて帰らないといけない。こんなところで死ぬわけにはいかない。

クリスみたいにバカになって戦って、死ぬわけにはいかない。

それでも――心が落ち着かない。

「なぁ、いま、こんなもやもやした気持ちで作るチョコレートクッキーと、全部解決させて作ったチョコレートクッキー、どっちが上手く作れると思う？」

「どっちも同じよ。感情で味が変わるとしたら、料理人の腕が未熟な証拠だわ」

「……身も蓋もないことを言うなよ」

勝ったほうが美味しいクッキーを作れる、みたいなことを言ってほしかった。そう言われたら、少しはやる気が出たかもしれないのに。

「それ以前にお前が料理の腕を語るな！　愛情の代わりに爆発魔法を込めるような奴が、感情によって味にブレが出る料理人のことを未熟と言うな！」

と怒鳴りつけたうえで、俺は苦笑した。

あぁ、お陰で気持ちが吹っ切れたよ。なんか、うだうだ考えるのがバカらしくなってきた。

ルシルも静かに微笑む。

「コーマ、行くのね？」

背を向けた俺に、後ろからルシルが声をかけた。

「ああ、行くよ……頼む、ルシル。お前の親父さんの力、また使わせてもらう」

「封印を解除するのはいいけれど、第一段階までよ」

「わかってる。それ以上解放されたら、北の島だけでなく三十五階層そのものをぶち壊してしまうかもしれないからな」

直後、俺とルシルの繋がりが僅かに薄くなる。

それに合わせて、ルシルの見た目が少し成長した。

中学一年生くらいだった見た目が、中学三年生くらいにまで成長した。

胸も僅かに膨らんでいるし、髪も少し伸びた。

そして、

【殺せ。壊せ。倒せ。殺せ。殺せ。壊せ。潰せ。壊せ。殺せ。殺せ。殺せ。倒せ】

俺の中の破壊の衝動が膨れ上がる。

大丈夫、声は聞こえるが我慢できる。

以前よりもつらくない。

【竜化状態が第一段階になりました】

【破壊衝動制御率九十二パーセント。ステータスが大幅に上昇しました。一時的に火炎魔法がレベ

ル5まで上がりました。一時的に雷魔法がレベル5まで上がりました】

叡智の指輪の影響で、システムメッセージが脳内に浮かび上がった。

一瞬で変わっていく文字だが、頭でその意味をしっかり理解できた。

ルシファーの力を取り込むことを竜化と呼ぶらしい。

九十二パーセント、ルシファーの力を抑えているということか。これが○パーセントになったら、おそらく俺の魂は力に呑み込まれるのだろうな。

アイテムバッグから手鏡を取り出し、自分の姿を確認した。

服やアイテムバッグ、靴までを赤い鱗が覆っている。背中に生えた翼も竜の鱗で覆われていた。前は皮膚が赤くなり、翼が生えただけだったが、こうなると竜の化け物に近い。

「コーマ……無理しないでね」

「ああ、わかってる。最悪逃げるさ」

本当はもう最悪の状態になっている。本来なら逃げ出す時期はとっくに過ぎている。それでも、戦う選択を選んじまった俺は――やっぱりクリスと同じバカなんだろうな。

「じゃあ、コーマ、頑張って。私ができるのはこれくらいよ」

ルシルはそう言って、俺の頬に自分の唇を押しつけた。

正直、頬まで竜の鱗に侵食されているせいで、ルシルの唇の感触がまったく伝わってこない。でも、温かい気持ちが俺の中に伝わってくる。

俺とルシルがまだ繋がっている証拠だ。

そして、俺の足元に魔法陣が現れた。

そうか、封印が僅かに解けたことで、いまのルシルは少しだが、魔石なしでも魔法が使えるようになったのか。

俺を一角鯨の近くまで転移させてくれるってことだな。

「ありがとう、ルシル。行ってくるよ」

もし俺が死んだらルシルに一角鯨を殺してもらえるだろうな、とか考えたけど、やっぱり生きて帰らないと。

約束しちまったからな。

ルシルにチョコレートクッキーを作るって。

だから、生きて帰らないといけない。絶対に。

そう思った直後、俺は地面を失った。

気付けば、一角鯨の真上、天井ぎりぎりに俺は放り出されていた。

「…………!!　一番バカなのはルシルだろぉぉぉ！」

破壊の衝動の声をＢＧＭとして聞き流しつつ、そう叫びながら、俺は重力という神の作り出した力のせいで自由落下していった。

飛べ飛べ飛べ飛べ飛べ！　動け動け動け動け！

【壊せ壊せ壊せ壊せ殺せ殺せ殺せ殺せ】

俺の欲望と破壊衝動とが見事なハーモニーを奏でる。なんて思っている暇はない！

背中の翼を動かそうとするが、どうやったら翼が動くのかまったくわからない。

そもそも、成人男性の平均的な体格と変わりない、十六歳の俺の体を浮かせるほど飛べるものなのか⁉

それでも俺は必死に空を飛ぼうとする。

このままだと、俺の体は一角鯨の背中に叩きつけられてしまう。

「くそっ、《火炎球《ファイヤーボール》》《火炎球《ファイヤーボール》》《火炎球《ファイヤーボール》》」

俺の腕から出た、先ほどとは比べものにならないほどの巨大な火の球が落下していく。その反動で空を飛べないか⁉　とも思うが、飛べるわけがなかった。

火炎球《ファイヤーボール》は霧を晴らしながら、巨大な影——一角鯨に命中……2000程度のダメージを与えた。

このままでは鯨に叩きつけられる。そう思ったときだ。

俺の目の前に、水の膜が何重にもなって現れた。

その水の膜は当たるとすぐに破れるようなものだが、徐々に俺の落下速度を和らげてくれた。

マユだ。マユの奴、空から落ちてくる俺に気付いてくれたようだ。

この姿でも俺に気付いたのか。

俺の心を読んだのかもしれないが、でも助かる。落下速度を減速させながら、俺はこうなったときのためのアイテム、竜殺しの剣グラムをアイテムバッグから取り出した。

「《雷鳴剣《サンダーソード》》」

一角鯨まで残り五メートル、最後の水の膜を自ら剣で破り、俺は重力とともに一角鯨へと落ちていった。

私とメアリさんは、ただひたすら前へ前へと、海の上を走っていました。

コーマさんの作った靴のお陰で、水の上なのに本当に陸の上を走っている感覚で走ることができます。

私たちが一角鯨に到着する前に、霧の中で轟音が鳴り響きました。

唯一残っている浮島にいた男の人たちの、最後の雷の杖によるものだと思います。

霧のお陰で一角鯨も雷の存在に気が付かなかったのでしょう。どこに命中したのかはわかりませんが、一角鯨が呻き声を上げました。

ダメージは少ないでしょうが、塵も積もれば山となります。

１ダメージでも、十万回与えたら１０万のダメージになります。

それだけ喰らわせたら、さすがに大きな魔物でも倒せるでしょう。それでも倒せないようなら、百万回攻撃するまでです。

そう思い、無数の幻とともに攻撃を仕かけようとしたのですが、突如として一角鯨が向きを変えます。それにより海面が大きくうねりました。

巨大な壁となった海を私は蹴り上げて越え、いなづまの剣を鞘から抜きました。

一角鯨の横腹に向けて剣を振り下ろします。

（硬いっ‼）

思わず弾かれそうになりましたが、剣を滑らせました。それだけでも、いなづまの剣から放出された雷が一角鯨の体に流れていきます。

そして、私はいなづまの剣を左手で持ち、右手でアイテムバッグからプラチナソードを取り出し、その巨体へと突きつけました。

一角鯨が雷の痛み、そして剣で突きつけられたことに反応し、その体を大きくうねらせます。

振り落とされないようにプラチナソードの柄をしっかりと握りながら、私はもう一度いなづまの剣を一角鯨へと突きつけようとしますが、硬い皮が剣を弾きます。

並の剣では傷ひとつ付けられない……プラチナソードの威力について、内心コーマさんに感謝しながらも、どうにかならないかと思います。

メアリさんも私と同様のようで、先ほど一角鯨が体を揺さぶったときに落ちてしまいました。

プラチナソードなら、傷付けられるのに……。どうにかして、いなづまの剣で体内に雷を流したら……。

（そうだ……）

とても簡単なことに気付き、私は一角鯨の体の揺さぶりが収まったのを見計らい、多段ジャンプスキルの利用で大気を蹴り上げ、プラチナソードを抜きます。

そして、その横に再度――先ほどプラチナソードで開いた傷口にいなづまの剣を突き刺しました。

（傷を付けることができないのなら、すでにある傷を利用すればいいだけです！）

いけぇぇぇぇっ！

いなづまの剣を強く押し込み、そこから流れ出た雷が、直接一角鯨の体内へとダメージを伝えました。

これで間違いなく大ダメージを……。

刹那──一角鯨がいきなり海へと潜っていきました。

やばっ……剣を握ったままの私は、一角鯨とともに海の中へと引き込まれそうになります。その力に、水蜘蛛改の力は役に立ちません。

（戻れっ！）

激しい海流に意識を失いそうになるも、いなづまの剣に力を集中します。

海の中で雷がスパークしました。私はコーマさんが作った雷の護符のお陰でダメージは受けませんが、一角鯨にはダメージが伝わっているはず。

でも、息が続きません……。

こんなことなら、あの不味いエラ呼吸ポーションをもらって飲んでおくんだった。

そう思いながら、一角鯨が水上へと戻っていくのを感じ、私は剣の柄から手を離しました。

私が水流で錐揉み状態になりながら浮上していくのと同時に、一角鯨も海上に浮上したようです。

剣は──剣の位置は！　霧の中なのでよくわかりません。

私が剣の位置を確認しようと頭上を見たとき──一角鯨の巨大な前ヒレが、私を叩き潰そうとし

て──

（避けられない！）

覚悟を決めたときでした──空から巨大な火の球が三回、降り注いだのです。

すべてが一角鯨の頭上に命中し、その反動で前ヒレが私より僅かに前に落ちました。

前ヒレの生み出した波で、私は後方へと流され──私が突き刺したプラチナソードを見つけました。

でも、刺さっていたはずのいなづまの剣がなくなっていました。

刺さりが甘かったのかもしれません。これは最悪の事態です。

（いえ、一本残っていただけでも最悪ではありませんね）

私がそう思い、剣を握ろうと海面を踏みつけて跳び、空気を踏んで再度跳び、プラチナソードの柄を握った──そのときでした。

空から……それが降ってきました。

大きな翼と角を生やした怪物の姿が霧の中でシルエットとなって落下し、剣を一角鯨へと突き刺します。

刹那──エレキボムと同じくらいの巨大な雷が、一角鯨の背中で弾けました。

霧が僅かに薄くなり、私は謎の怪物の姿を捉えました。

そこにいたのは、竜の鱗に身を包んだ……私たちとそう変わらない大きさの生き物です。

（人間……なんでしょうか？）

そして、私はソレが一角鯨に突き刺した剣を見ました。

雷を帯びている剣ですが、似ています。

私が騙し取られてしまった……お父さんの残した剣に。

「あの……」

私はソレに声をかけると、ソレは私を見て……なぜかイヤそうにため息をつきました。

そして一角鯨の頭のほうへと走っていきます。

なんなのでしょうか……あれはいったい。

どこかで会ったような気が……しないことはないような気もしますが。


空気の抵抗を感じながら、俺は一角鯨の背中へと落下していった。

そのまま、剣の切っ先を一角鯨に向ける。

落下速度もあり、竜殺しの剣グラムが深く一角鯨へと刺さった——刹那、強大な雷があたりに撒き散らされた。

いまのでどのくらいのダメージを与えたのか、診察眼鏡を使用していない俺にはわからないが、それでも致命傷には至っていないだろう。

このままここで剣を振るい続けるか、そう思ったときだ。

「あの……」

声をかけられた。クリスだ。無事だったのか。

だが、こんなところにいられたら攻撃の邪魔になるし、一角鯨に暴れられて海面に振り落とされたら、クリスも無事で済むかどうかわからない。

とすれば、急所を狙わなければいけないな。

俺は嘆息を漏らし、一角鯨の頭部を目指した。

脳に一発どでかい雷を喰らわせてやる。

そして――あの手で――

【殺せ、殺せ、壊せ、いますぐ殺せ、殺せ、潰せ――】

脳内にまだ殺戮への誘いがコダマする。

いますぐこの場で一角鯨を攻撃せよというメッセージが。

だが、俺はそれを無視し、前へと進んだ。

一角鯨の頭に到着したそのとき、一角鯨が上体を持ち上げた。

グラムを突き立てて、耐えようとしたのだが――それが失敗だった。

グラムの切れ味がよすぎて、一角鯨の体を大きく切り裂きながら、俺は海面へと落ちていった。

（やばっ!!）

一角鯨は体の向きを変え――あろうことか俺が落ちた海面に、その大きな灰色の腹を向けた。

そして――俺を押し潰しにかかった。

（がぼっ）
体から空気が一気に抜ける。
どれだけ深く押し込められたのかわからない。
やば。このままだと窒息してしまう。
そう思ったときだった――
「コーマ様！」
声が聞こえた。
思念ではない、声が聞こえた。
マユの声が。
海の中、俺はもの凄い勢いでこちらに向かってくるマユを見た。

そうか――

なぜ、どう見ても人間であるマユが魔王なのか？
そもそもマユは人間なのに迷宮が海なのか？
そう思ったこともあった。だが、そうだったのか。
俺はマユの下半身に目を向けた。
スカートをはいているマユには――足がなかった。

下半身が――ピンク色の魚のものだった。

マユ……人魚《マーメイド》だったのか。

マユは俺の体を抱きかかえると、凄い勢いで海面へと向かった。

潜水病にならないか？　とか思っている暇も与えない速度だ。

「がほっ……助かった」

水を吐き出し、俺は礼を言った。

だが、礼を言うのは早かったかもしれない。

俺たちが海面に浮かんだ場所は、一角鯨のすぐ目の前だったから。

一角鯨は大きく口を開け、俺たちを呑み込もうと前へ泳ぎ出した。

やば、食われ――

(大丈夫です)

マユの思念に、俺は気付いた。

間に合った。

一角鯨の尻尾に――それが噛みついていた。

(ええ、来てくれました。彼女が――)

彼女――この戦いの中のキーキャラクターでありながら、いままで戦闘に参加しなかった戦力が。

ルシルに頼んでエリクシールによる治療をしてもらい、体力全快で彼女は参加し、一角鯨の尻尾に噛みついていた。

島から伸びた巨大な首が、一角鯨の尻尾に噛みついていた。

一角鯨もまたアイランドタートルを見て、怒りの咆哮を上げ、再び巨体を持ち上げる。

一角鯨の尾を意地でも離すまいとしたアイランドタートルは、その顔を水中へと引きずり込まれた。

そして、尻尾を噛まれたままにもかかわらず、一角鯨はその長い角を、アイランドタートルへと叩きつけた。

なにかが砕け散る音が三十五階層に響いた。

ルシルとクリスは大丈夫だろうか。

そう思ったら、クリスが宙を舞っているのを見つけた。

先ほどの勢いのせいで吹き飛ばされ、遠くに着水した。

【壊せ殺せ潰せ殺せ殺せ殺せ――】

マユにクリスを任せ、俺は念じる。

【殺せ殺せ殺せ――違うだろ！　殺せ！　違うって言ってんだろ！　潰せ！　俺はアイテムマスターだって言ってんだろ！】

俺は壊すんじゃない！　俺はただ、作るだけだ！

俺は水蜘蛛改を使い、大きく跳んだ。

【破壊衝動制御率が百パーセントまで上昇しました】

叡智の指輪からシステムメッセージが流れる。

俺は一角鯨の背に乗り、駆けていく。

【破壊衝動制御を完全に行ったことにより、一時的にスキル吸収スキルを覚えました】

スキル吸収スキル？　もしかして、よくある他人のスキルを奪うアイテムか？

そう思ったのだが――

【叡智の指輪のスキルを吸収しますか？】

一角鯨の背中を駆けながら、俺は思った。まさか、装備アイテムのスキルを吸収するアイテムか？

そんなことを思いながら、俺はYESを選択。

【叡智スキルレベル10を覚えました】

【魔力が50上昇しました。MPが100上昇しました】

まじか。スキルを覚えたのか。そんなことを思いながら、俺はさらに走る。

【通信イヤリングのスキルを吸収しますか？】

NOだ！　通信イヤリングはふたつで一組、吸収したらなにがあるかわからない。

途中で、クリスが突き刺したプラチナソードを見つけた。

あいつ、頑張ったな。

【雷の護符のスキルを吸収しますか？】

YESだ！

【雷耐性スキルレベル8を覚えました】

【魔法抵抗が160上昇しました】

【水蜘蛛改のスキルを吸収しますか？】

ＹＥＳだ！

【水上歩行スキルレベル6を覚えました】

【脚部筋力が９０上昇しました】

【アイテムバッグ改のスキルを吸収しますか？】

ＮＯだ！　なにがあるかわからないから、いまはダメだ。

そこで、システムメッセージは途切れる。

俺は今度はアイテムバッグから眼鏡を三つ取り出した。

【索敵眼鏡のスキルを吸収しますか？】

ＹＥＳだ！

【索敵スキルレベル6を覚えました】

【反応速度が１２０上昇しました】

【スキル眼鏡のスキルを吸収しますか？】

ＹＥＳだ！

【スキル把握スキルレベル5を覚えました】

【反応速度が１００上昇しました】

【スキル把握と鑑定を覚えたことでスキル鑑定スキルを覚えました】

【反応速度が１０上昇しました】

【診察眼鏡のスキルを吸収しますか？】

ＹＥＳだ！

【診察スキルレベル７を覚えました】

【反応速度が１４０上昇しました】

そのとき、俺の目の前に、それが浮かび上がった。

【ＨＰ７７７７７７／４０２３０００　ＭＰ０／０】

おぉ、７並びじゃないか！　偶然にしてはでき過ぎだ。

こりゃ運が向いてきたぜ！

俺が大きく跳び上がると、かなり面白い光景がそこにあった。

一角鯨の角を――巨大な氷が受け止めていたのだ。

氷の大半は砕け散っているが、それでもアイランドタートルを守り、しかも角が抜けないようだ。

その氷の正体はすぐにわかった。

なぜなら、氷の真横にルシルが立っていたから。

(相変わらず、お前の氷魔法は素敵すぎるぜ！)

かつて本物の魔王城を氷の城へと変えた極大魔法を思い出しながら、俺は跳んだ。

一角鯨の角へと。

剣を振り下ろし、一角鯨の角の根元を一刀両断した。

角を失い、一角鯨の悲鳴に似た咆哮が俺の鼓膜を痺れさせる。

でも、ここで止まってはいられない。

俺は海面へと着水し、再び大きく跳んだ。

最初からそこにあった、最後の武器を握るため。

一角鯨の巨大牙【素材】　レア：★×七
一角鯨が一本だけ生やす巨大な牙。
長ければ長いほど、力のある一角鯨と呼ばれる。

おい、角じゃなくて牙なのかよ！

名前に偽りありじゃないか！

そんなツッコミを入れながら、その一角鯨の巨大牙の折れた部分に手をかけ、脳内のレシピからそれを見つける。

「アイテムクリエイト！」

そう叫んだ刹那、その角は三つに分裂し、三又の巨大な槍へと姿を変えた。

ポセイドントリアイナ【槍】　レア：★×九
海の神ポセイドンが使った三又の槍。
その大きさのため、使える人間は少ない。

そして、俺はその槍に向かって、

「《雷鳴剣》《サンダーソード》！」

雷を帯びさせて、一角鯨の眉間へと突き刺した。

このまま逝け！

【ＨＰ４８１９４２１／４０２３００００　ＭＰ０／０】

角を折られたことでＨＰが２００万以上減っていた。

【ＨＰ２４７８４２５／４０２３００００　ＭＰ０／０】

最後のあがきにと、一角鯨がその体を大きく震わせる。

さっき海に落ちたときのダメージが残っているため、俺は意識を失いそうになっていたんだ。

ちょうどいい気付けになる。

【ＨＰ１２４２６３１／４０２３００００　ＭＰ０／０】

【ＨＰ９２４８９５／４０２３００００　ＭＰ０／０】

よし、１００万を切った。

もう少しだ。一角鯨もなんとか生きようと、己の頭をアイランドタートルへぶつけようとした。

【ＨＰ５４８２４０／４０２３００００　ＭＰ０／０】

【ＨＰ２３７３１９／４０２３００００　ＭＰ０／０】

「コーマ！」

ルシルが俺の名前を呼んだ。

俺はアイランドタートルと一角鯨に挟まれた。

ポセイドントリアイナが深く一角鯨へと突き刺さり、柄の部分がアイランドタートルの甲羅の中にめり込んでいく。

わずかな隙間があるため、俺は助かっているが、圧迫されているのには変わりない。

内臓が潰されていく。竜化により体が強化されていなかったら、間違いなく死んでいた。

【ＨＰ９７４１３／４０２３００００　ＭＰ０／０】

もう少し。ここで、クリスが僅かに与えていたダメージがとてもありがたいものだと感じられる。

【ＨＰ６９１３／４０２３００００　ＭＰ０／０】

もう少し。

【ＨＰ２３１９／４０２３００００　ＭＰ０／０】

頼む……倒せていてくれ。


「……ん………………い」

誰かがなにか言っている。

これは、クリスの声か。

「コーマさん…………ださい」

誰がダサイだ。確かに索敵眼鏡や診察眼鏡といった眼鏡のセンスの悪さには定評があるが、あれは俺のセンスじゃねぇ！

文句を言おうと起き上がろうとするが、なんだ、体がまったく動かない。

「コーマさん、起きてください」

その声に、俺はゆっくりと……重いまぶたを開いた。

目を開くと、そこには髪や服が濡れたクリスがいた。

「……クリス……服がスケスケでやらしいぞ」

最初に思ったのがそれだ。白いブラが透けて見える。

鎧は脱いでいるから、大きな胸が余計に大きく見えた。

「コーマさん、よかった、無事で」

「無事じゃない」

喋るたびに胸が痛む。内臓が傷付いているようだ。

こんな状態でクリスをからかう発言をする俺も、さすがだと思うが。

俺は首を動かし、あたりを見回した。

「一角鯨は……」

「はい。コーマさんのお陰で、倒せました！　私たち、倒せたんですよ！」

そうか。一角鯨……死んだのか。

自分の手を見ると、手の甲から鱗が消えていた。どうやらルシルがルシファーの力を再封印してくれたらしい。

一角鯨、強かったな。今度もし会うことがあっても、できれば関わりたくない相手だ。

まぁ、今度会うときのために、俺はもっと強くならないといけないが。

ぐっ、痛みがぶり返してきた。

「クリス……バッグ、薬、出して」

「はい！」

俺のアイテムバッグからアルティメットポーションを出してくれ、と頼もうとしたのだが、クリスは自分のアイテムバッグから普通のポーションを出して、俺に飲ませてくれた。

それでも助かる。体が僅かだが回復していく。

いや、おそらくだが、俺が気を失ったときから最低限の治療はされていたのだろう。ルシルの奴、最低限の治療だけしてから俺の力を再封印して、どこかに転移したのだろう。もしかしたら、転移してから離れた場所で再封印したのかもしれない。

おそらくは、クリスたちに対して俺の評価を上げさせるため。

俺が死にもの狂いで戦ったことを認識させるために、最低限しか治療しなかったのか。とは考えすぎか。

「コーマさん。コーマさんがアイランドタートルを治療して、ここまで連れてきてくれたんですよね。この槍もコーマさんが作ったんですよね」

クリスはそう言って、俺の横に置いてあった巨大な槍を見た。

柄の部分に大きな海蛇が巻きついた形の巨大な槍。
ポセイドントリアイナ。それと一緒に、巨大な……魔王城ほどの大きさの肉の塊があった。

鯨肉【素材】　レア：★★★
鯨の肉。刺身から唐揚げまで用途は盛りだくさん。
魚肉か獣肉かの議論は永遠に終わらない。

ははは。こんなん食べたら、欧米の人に怒られちまうかもしれないな。食べるけど。
それと、その横に巨大な灰色の石があった。

一角龍涎香《いっかくりゅうぜんこう》【雑貨】　レア：★×六
灰色の琥珀とも呼ばれる石。一角鯨の胆石。
一角鯨の主食であるシーダイルの一部の部位が、消化しきれずに結晶化した。

一角鯨の主食ってシーダイルだったのか。
もしかしたら、この海に住むシーダイルは、一角鯨のために養殖されていたのかもしれないな。
胆石って……消化しきれなかった排泄物の塊か……糞じゃないのは知っているとはいえ、あまり気持ちのいいものではない。

だが、レアアイテムには代わりないから、しっかりともらっておこう。

そんなことを思いながら、俺は自分のアイテムバッグから、アルティメットポーションを取り出し、飲み口を自分の口に運ぼうとし……。

「………っ！」

驚いた。アルティメットポーションを飲んでいたら、絶対に吹き出していた。

なぜなら、クリスの後ろに巨大な亀の頭があり、こちらを見ていたから。

アイランドタートルだ。

戦闘中も離れた場所から見てはいたが、顔もこんなにでかいのか。

大きさだけなら、一角鯨の比ではないな。

……ん？

【HP1504384／2000000　MP0／0　甲羅損傷（軽度）】

診察結果が表示された。竜化していなくても覚えたスキルは使えるようだ。

甲羅損傷……あぁ、俺の作ったポセイドントリアイナの柄の部分が、一角鯨に押されて甲羅に突き刺さったんだった。

俺は、アルティメットポーションを一口飲むと、アイランドタートルを呼び、口の中に振りかけた。

HPがほぼ回復し、甲羅損傷のバッドステータスが消えた。

呪いの後遺症はまったくないようだ。エリクシールを使ったお陰だろう。

そして、俺は自分のスキルを確認した。

【×××レベル10・鑑定レベル10・火炎魔法レベル3・雷魔法レベル3・叡智スキルレベル10・雷耐性スキルレベル8・水上歩行スキルレベル6・索敵スキルレベル6・スキル把握スキルレベル5・スキル鑑定スキルレベル1・診察スキルレベル7】

スキルの数が増えすぎだ。まだまだ増えるな。魔王城に帰ったら試してみるか。

「コーマさん、どうしたんですか？　ニヤニヤして」

「いや、なんでもない。ところで、メアリは無事か？」

「メアリさんなら、あそこにいます」

メアリだけではない。もともと病人だった者で、生き残った者たちが海に向かって手を合わせている。

そうだ、この戦いは決して完勝などではない。

多くの犠牲の上での勝利だった。

フリードをはじめ、戦いに参加した者の半数以上が、勝利の時間を迎えることができないまま、この世を去った。

特にフリードの攻撃がなければ、おそらく俺は一角鯨を絶命させる前にくたばっていただろう。

そもそも、戦う前に逃げ出していたかもしれない。

頭の中で、コメットちゃんやゴーリキのような例を考えてみる。

でも、ルシルがいないと俺には彼らの魂すら見ることができない。

そして、彼らの魂と共鳴する体を見つけることができない。

人は死んだら生き返らない。

そんな当たり前のことを、前例があるせいで、どうにかならないかと思ってしまう。

俺のせいで彼らは死んだ。俺の力不足で。

その罪を、なかったことにできないかと思ってしまう。

そんなことできるわけない。俺は償わなければならない。

彼らだけではない。本当は、コメットちゃんが死んだことも、俺は償わなければならないのだ。

生き返ったからといって、罪がなくなるというわけじゃない。

「コーマ、目を覚ましたのかい？」

海を見たまま、メアリが俺に声をかけた。

俺が起きたのに気付いていたらしい。

「ああ、お陰で。気分は最悪だけどな」

「そうか……ありがとうね。助けてくれて」

「いや……俺はなにも……」

「あんたがいなければ、ここにいる皆も死んでいた。あんたが動かなければ、アイランドタートルも死んでいた。あんたがいなくても、父さんは……ここにいる皆は死んでいた」

彼女は言った。「あんたがいなければ、私はなにも知らないまま、誤解したまま父さんを失っていた」と。

だから、ありがとうと。

つらいはずなのに、父を、友を失ってつらいはずなのに、メアリたちは俺に笑顔を向け、「ありがとう」と言った。

それがどれだけ俺の心を抉《えぐ》り、そして俺の心を癒やしたのか。

俺はその「ありがとう」になにも答えられない。

ただただ、涙があふれてきた。

恥ずかしいな……くそっ。

だから、ごまかすようにこう言った。

「……南の島に勝利の報告に行こう。皆、きっと心配して――」

南の島の方角を向き、俺はそれに気付いた。

素敵スキルを身に付けたことで感じ取ってしまった。


……ウソだろ……おい。

そうだ、気を付けるべきだった。

一角鯨にばかり気を取られていたが、この戦場に向かっていたのは一角鯨だけではなかった。

シーダイル。

白いワニがすべてここに向かっていたはずだった。

そのうち、最初にここに来たシーダイルは一角鯨に食われたが……残りのシーダイルにまで目がいかなかった。

「やばい、シーダイルの群れが……南の島に向かっている。その数、千を余裕で超えている」

海の中で戦いが始まり、獣の本能が海の中にいたらいけないと、彼らに告げたのか。

生きているアイランドタートルに近付くことのできないシーダイルが、唯一近付ける陸地。

つまり、南の島に、すべてのシーダイルが集結しつつあった。

タラとコメットちゃんが護衛として守っているとはいえ、ふたりでさばける数じゃない。

「そうだ、マユさんは⁉」

マユなら配下の魔物に命じて戦わせることができる。

そう思ったが――

「マユ姉さん、どこか行っちまったんだ……」

どこか？　戦いにいったのか？

それとも……。

「メアリ！　ボートを出してくれ！　南の島に急ぐぞ！」

泣いている場合じゃない。

俺にはまだまだ、やるべきことがある。

「クルトくん、まだここにいるのかい？」

そう僕に問いかけてきたのは、近くの診療所に勤めているお医者さんの奥さんだった。

もう七十歳近いのに、生涯現役を貫き、看護師として働いている。

「はい……もう少し……ここにいさせていただいてもよろしいでしょうか？」

僕がそう言うと、お婆さんは、

「いいよいいよ。なんたってクルトくんは、この島の恩人だからね」

と言って、部屋から出ていった。

恩人？　僕が恩人？


『ありがとう』


多くの人から言われた言葉が僕の胸を締めつけた。

父を殺し、妹の命綱を絶ってしまった。

そのため、奴隷となり、誰よりも苦しみながら生きていく決意をした僕が誰かを救い、誰かに感謝される。

皮肉な結果に、僕は涙を流し、嗚咽を漏らした。

誰もいなくなった救護室。

ここで寝ていた人たちは、僕の作った解呪ポーションと、僕を購入したご主人様が用意した通常のポーションにより、完治に至った。

死にそうになっていた人も、褥瘡《じょくそう》の治療まで終え、いまでは畑作業に勤しんでいるという。

……僕の罪は決して消えない。父を殺し、妹を死へと誘《いざな》う結果をもたらした僕を、僕は決して許すことはできない。


だから、喜んではいけない。

ありがとうと言われても微笑んではいけない。嬉しいと思ってはいけない。

なのに……なんで胸に喜びがあふれてくるんだ。

(消えろっ！　消えろっ！　消えろっ！)

僕は自分の胸を大きく叩いた。痛みで嗚咽を漏らす。

僕は幸せになってはいけない人間なんだ。

そうだ、仕事を……仕事をしないと。

ご主人様からもらった薬の材料は、まだまだたくさんある。

コメットさんが育てた薬草も、蒸留水の残りもまだまだある。

だから、ポーションを作ろう。

僕は立ち上がると、家へと戻っていった。

途中で、畑を耕す男の人が僕に向かって手を振って、「クルト様、ありがとうよぉ」と言った。

また胸が苦しい。

僕は……僕は……いったい、なにをしたいんだ。

ご主人様たちが海の家と呼ぶホームに戻ったとき、そこにルシル様と、確か、あのときメアリさんと一緒にいた人がいた。

マユさんだったっけ。

「……本当に行くの？」

ルシル様がそう問いかけた。

「いいのよ。魔石をもらったから転移くらいは……でも……ううん、そうね」

ルシル様がひとりで話しているように見えるが、確か、マユさんは話すことができない代わりに、指輪を使って思念の交換ができるらしい。

マユさんは歩いていくと、覚悟を決めた様子で海の中に飛び込んだ。

え？

海の中に入ったマユさんの足が、魚の尾ヒレへと変わっていた。

伝承で聞いたことがある。

人魚……マユさんがそうだったんだ。

「マユさん……人魚だったんですね」

「そうよ……人魚なのに、人間を救うために海に還ったの」

「え？」

ルシル様はそう言った。

もうすぐ、この島にシーダイルの群れが現れる。

北の海岸にはタラさんとコメットさんが向かったが、それでも上陸すれば犠牲者が出るらしい。

だからマユさんは、魚の魔物の友達がいっぱいいるので、魚の魔物と一緒にシーダイルと戦うんだという。

「え？　それって……」

「それが彼女の決めた覚悟なの」

「そんなの間違ってます！　死んだら……死んだらなにも残らないじゃないですか！」

「死んでも残るものはあるわよ……私のお父様が死んでも、私が残ったように……彼女もきっと、この島に残したいなにかがあるのよ」

ルシル様が遠い目で言う。

でも、ダメだ。やっぱり、人が死ぬっていうのはダメだ。

僕はマユさんに死んでほしくない。彼女が死んだら、僕はきっと彼女の犠牲の上では、生きることができない。

なにか、なにか、なにか……。

「そもそも、なんでシーダイルはこの島に集まっているんですか！」

「北の海で一角鯨が暴れていたの。山のような巨大な鯨。その鯨から逃げてきたのよ。その一角鯨もコーマたちが倒して、巨大な肉の塊と石に姿が変わったわ」

「……魔物のドロップ……ルシル様、アイランドタートルも魔物なんですよね」

「ええ、そうよ。だから北の島には魔物が来ないの」

「もしかして」

荒唐無稽と笑われるかもしれない。でも、僕はその可能性に賭けたい。

その可能性があったとしても、僕の腕で……。

いや、やるしかないんだ。

僕は作業場から蒸留水の入った瓶と薬草の粉を取り、薬草の粉を瓶の中に入れていく。

「アルケミー！」

そう叫ぶ。徐々に蒸留水がポーションへと変わっていく。

その間に……どこにこれを使えばいいか考えないと。

「……ルシル様、あの穴はなんですか？」

「コメットちゃんが空けた穴よ。もともと岩が刺さってたんだけど、雷の杖の実験をしたとき、岩が砕け散ったの」


……もしかして！


僕は瓶を握り、力を込めながらその穴へと走っていった。

穴を覗くと、中は暗くてよく見えない。

断面が土、亀の甲羅となっている。そして、その奥は……きっと。

これに賭けるしかない。

そのとき、ポーションが完成した。

僕はポーションを穴の中へと注ぎ込む。

……僕はこれに賭けるしかない。

アイランドタートルはまだ死んでいない。

魔物は死んだら光となって消え、ドロップアイテムを残す。

じゃあ、アイランドタートルはどうなのか？

もしかしたら、アイランドタートルは死んでいないんじゃないのか？

仮死状態。

そんな可能性を考える。

いや、荒唐無稽だと思う。そもそもアイランドタートルが死んだのは何百年も昔だと聞いた。

何百年も仮死状態なんて……食事もせずに……そんなことが。

「でも……それでも……」

亀の甲羅がドロップアイテムだというのなら、亀の甲羅の中は空洞のはずだ。

だが、甲羅の奥になにかがある。暗くてよく見えないが、空洞ということはない。

きっと――きっと――

（ドクンっ）

鼓動を感じた。

僅かな鼓動。

だが、それは――

「クルト！　どいて！」

ルシル様もその鼓動に気付いたようで、懐から一本の薬瓶を取り出し、一滴垂らした。

すると――甲羅が見る見るうちに塞がっていき、

遠くから、獣の鳴き声が聞こえた。


ボートの上でもその鳴き声は聞こえた。

それがアイランドタートルのものだとすぐにわかった。

「コーマさん！　あれ！」

「ああ、島の守り神の復活だ」

索敵スキルでもアイランドタートルが復活したことがわかった。

そりゃ鑑定スキルでも、ドロップアイテムとして、アイランドタートルの甲羅が表示されなかったわけだ。まだ死んでいなかったんだから。

そして、前方ではアイランドタートルの首が海面から現れ、雄叫びを上げた。

同時に、南の島へ向かっていたシーダイルがUターンして、海の中に潜っていった。

通信イヤリングが揺れる。

ルシルからだ。

そして、俺はなにがあったのか、彼女から聞かされた。

「そうか……クルトの奴か」

思わぬ救世主の出現により、ようやく蒼の迷宮三十五階層は平和に……。

（コーマ様！　大変です！）

その思念が海の中から届けられた。

海面からマユが顔を出した。

大変って、シーダイルのことを言っているのか？

と思ったが、どうやら違うようだ。

（アイランドタートルの奥さんが、夫が生き返ったことを喜び、こっちに向かってきています）

アイランドタートル二匹が近付くのか……なら、今後定期船とかも距離が短くて楽になるな。

（一緒になろうと……その……アイランドタートルの）

マユはとても言いにくそうに……本当に言いにくそうに告げた。

（アイランドタートルの交尾はとても激しいので、このままだと南の島にいる人全員が海に落とされます！）

え……えええええええええっ！


その後、三時間かけて二匹のアイランドタートルをマユが説得。

なんとか最悪の事態だけは避けられ、蒼の迷宮三十五階層に平和が訪れた。


一角鯨が死に、アイランドタートルが復活したことで南の島にもシーダイルが来なくなったという事実は、蒼の迷宮三十五階層に住むすべての人々の知るところとなった。

ちなみに、アイランドタートルが生きている可能性は、多くの島民たちが思っていたことなのだが、どんな治療をしても生き返ることがなかったという。

その原因が、コメットちゃんが壊した大岩だと、アイランドタートルがマユに語り、マユから俺たちに伝えられた。

コメットちゃんが壊した大岩が、これまでアイランドタートルの生命の流れというものを阻害していて、並の薬ではまったく通じなかったのだそうだ。


メアリが代表してなにが起こったのかを島民に説明し、犠牲者の名前が告げられた。

その名前を呼ばれると泣き崩れる島民もいた。彼らの家族だろう。

そして、全員で海に向かって黙祷を捧げた。

浮島が二カ所犠牲にはなったが、食料難の危機はとりあえず去った。

むしろ、南の島のアイランドタートルが生気を取り戻したことで、甲羅の上の土壌にも活力が湧き、これから南の島でも食料が豊富に取れることになるそうだ。

そして、北の島から運ばれてきた鯨肉を使い、全島民でバーベキュー大会をすることとなった。


そのパーティーの中に、俺の姿はなかった。

俺たちは夜のラビスシティーを歩いていた。

「クルト、落とすなよ！　大事な肉だからな」

「はい……ご主人様」

俺たちは一足先に転移石を使い、地上へと戻っていた。

ふたつの意味で島の英雄となったクルトを、こっそりと連れ出すのには苦労したが、俺はこいつにご褒美を与えなくてはいけない。

そのタイミングは、いまが一番だろう。

ということで、俺とクルトは焼き立ての肉の入ったお皿を両手に持ち、やってきた。

教会の前へ。

「クルト、これから会う女の子なんだがな、その子のお兄ちゃんは、仕事のために旅に出ているそうだ」

「え？　あ、そうなんですか」

「そうだ。とても可愛い女の子なんだがな……っとそうだ」

俺は一本の鍵を取り出した。

そして、その鍵をクルトの首輪に付ける。

すると、首輪は音を立てて外れた。

「え？」

首輪が落ちたのを見て、クルトは驚いた。

借金奴隷の隷属の首輪は、買い取った主人が言えば奴隷商人が鍵を外してくれる。

だが、犯罪奴隷の場合、首輪を外す鍵を持っているのはギルドだ。俺が持っているわけがない、そう思ったんだろう。

「今回の事件、俺がさっきギルドに報告に行った。そのうえで、クルトに恩赦が与えられた」

「恩赦……って、そんなに簡単にもらえるものじゃ……」

「お前が救った病人たちとその家族、そして島を救われた島民たち。普通、千人以上の嘆願書を集めるのって簡単じゃないと思うぞ」

それを隠れて集めるのは、もっと簡単じゃなかったけどな。

ちなみに、正式に恩赦が与えられるのはギルド会議の決定が下りてからなのだが、首輪だけは今日から外してほしいと、俺がギルドマスターに頼み込んだ。

すべての責任は俺が持つからと。

だって、ここに入るのに隷属の首輪を着けたままだと、誰かに突っ込まれたら、どう答えたらいいかわからないからな。

教会へは入らず、教会の裏へと回った。

俺が先に庭に入ると、バーベキューの準備をしていた子供たちが俺を迎えてくれた。

孤児院の子供たち。いい肉が大量に手に入ったから、バーベキューをしようと持ちかけた。

これもクルトに黙って。

「勇者のお兄ちゃんなの！」

その声に、クルトは手から力が抜けたのだろう、皿が落ちそうになる。

俺は咄嗟に自分の両手で持っていた皿を左手で持ち、自由落下していったクルトの皿を右手でぎりぎり受け止めた。

そして、トテトテと近付いてくる、天使のように可愛らしい女の子。

「久しぶり、アンちゃん」

「久しぶりなの………お兄ちゃん？」

アンちゃんは、俺の後ろで茫然自失状態だったクルトを見て、クルト同様、思考を停止させたように固まった。

そして――

「クルトお兄ちゃん！」

俺を通過して、クルトへと抱きついた。

あぁ、ちくしょー、お兄ちゃん役を本物に持っていかれちまったなぁ。

少し悔しいが、でもまぁ……これでよかったよな。

「アン……アン……目は……そうだ、目は治ったの？」

「うん、勇者のお兄ちゃんが治してくれたの」

アンちゃんはそう言って、俺を指さした。

「ご主人様が……？」

「クルトに出会う前にな。偶然……いや、セバシさんにしてやられたってところかな」

ひとりだけ廊下の掃除をさせられていたクルト。ひとりだけ目立つ行動をさせていたのは、セバシのちょっとした心遣いだった。

彼がアンちゃんの実の兄だと知ったのは、クルトを買う手続きをしている最中だった。

犯罪奴隷は家族との連絡を取ることができないが、アンちゃんとすでに知り合っている俺ならば、クルトを買わせたら、アンちゃんの無事を知らせることができると思ったのだろう。

とはいえ、さすがに錬金術スキルを持っていたのは偶然だろうが。

クルトは目に涙を浮かべ、俺に感謝をした。

お前のために助けたんじゃないよ、と俺はクルトの頭をポンと叩く。

「修道女《シスター》、それで、例の話ですが」

俺は片手の肉の乗った皿をシスターに持ってもらう。

「ええ、実のお兄さんが迎えにいらしたのですから、寂しくなりますが、断る理由はございません」

「ということで、アンちゃん。今日からクルトと一緒に住むことになるけど、いいかな？」

「え？　ご主人様、でも」

「住む場所は俺が用意してやる。仕事もな。普通に暮らすよりはいい生活になるから、安心しろって」

俺はそう笑い飛ばすと、

「コーマ！　肉持ってきてよ！」

カイルの言葉を先頭に、子供たちから「肉」コールが湧き起こった。

あいつら、俺が来るたびに生意気になってきているな。

「うるせぇ、カイル！　肉が食いたけりゃ俺の話を聞け！」

「聞けない！　何時間待ったと思ってるんだよ！」

「待てって！　いいか、よく聞け！　この肉を手に入れた俺の冒険譚を！」

「嘘だ！　勇者の従者のくせに！」

「そうだ、倒したのは勇者だろ！」

「クリスティーナさんにはフラれたのかよ！」

「うるせぇぞ、ガキども！」

こうして、俺の楽しいバーベキューパーティーは始まった。

通信イヤリングが鳴りっぱなしだが、無視だ、無視。

「コーマさんのバカぁぁぁぁぁっ！」

通信イヤリングで呼びかけているのに無視をされ続けた私は、パーティー会場の中でそう叫びました。

コーマさんからの置手紙があまりにもひどいから。

【クリス、俺は先に帰ってるからな。ギルドにはこっちから報告しておくよ】

どうしてコーマさんは、こうも自分勝手なんでしょうか。

考えたら、ますますお腹が空いてきました。

「すみません！　鯨肉バーベキュー、タレで五本！　塩で五本ください」

こうなったらやけ食いです！

これで太ったら絶対コーマさんに責任取ってもらうんだから！


「一角鯨の消滅、証拠の一角龍涎香……の欠片。どうだったね？　勇者エリエール」

「店の者に鑑定させたところ、本物に間違いありませんでした」

冒険者ギルドのギルドマスターの執務室。

太陽も沈み、魔石を入れたランプが淡い光を放っていました。

そこにわたくしとギルドマスターのユーリ、七英雄のひとりであるジューンがいました。

「ワシは一角鯨の島の住民が避難している間に北の転移陣から戻ったがね……うむ、まさか一角鯨を殺せるとは、さすがは彼奴《あやつ》の娘といったところかね」

「勇者クリスティーナ……魔剣グラムを失っていた彼女ひとりで、あの一角鯨を倒せるものなのか」

「おそらくは、従者コーマもなにか手を貸したのかもしれないね」

コーマ……その名前を聞いて、わたくしの胸が締めつけられます。

無事でよかったと思う安堵の反面、彼を犠牲にしてしまうところだったという罪悪感が、心を覆い尽くします。

「とにかく、これで一件落着さね」

「ああ。一角鯨は魔王級の魔物だ。その一角鯨を魔王へと仕立て上げ、一角鯨を殺しても魔物の数は減らなかったと報告。そうすることで、魔王と魔物との因果関係をなかったことにする」

そう。これが今回の依頼の真の目的でした。

いえ、正確には、一角鯨に三十五階層すべてを滅ぼさせ、ギルド員と勇者総出で一角鯨を退治。そのほうが、一角鯨が魔王であるという信憑性が増しますから。

ユーリは……いえ、わたくしたち三人は、一角鯨が魔王などではないことを知っています。知っているうえで、魔王を保護するために、一角鯨を魔王に仕立て上げました。

すべては、この町の生命線である迷宮のために。

魔王が滅びればその迷宮はただの洞窟になる。魔物も湧かない、アイテムも生み出されない、ただの洞窟に。

それだけは絶対に避けなければいけませんでした。

「では、アイランブルグにはそう報告させていただきます」

わたくしはそう言うと、自分を含めていかれた人間たちの巣窟から出ようとし、横にただ立っていた女の子のルルを見下ろし、そしてギルドマスターの執務室をあとにしました。


「鯨のお肉、ほかの皆さんには好評だと思いますよ」

「いや、悪い。メイベルが肉嫌いなのすっかり忘れてて。今度別のお土産を持ってくるから」

「だから、本当に気にしていませんから、コーマ様。チョコレートクッキーをいただきましたから」

久しぶりのフリーマーケット。

夜遅くに帰ってきた俺の雑談に、メイベルは付き合ってくれていた。

お土産に鯨の肉をメイベルに渡す瞬間まで、彼女がエルフで肉嫌いだということを、すっかり忘れていた。

渡した瞬間にしまった、と思ったが、彼女の性格からして怒っているということはないと思う。

代わりにチョコレートクッキーを渡したが、ルシルに食べさせた残り物なので、量はそれほど多くなかった。それに、メイベルの優しさにあまり甘えたくないからな。本当に別の土産を考えないと。

「で、クルトの様子はどうだ？」

クルトはいま、店の倉庫内の部屋……もともとメイベルたち従業員が住んでいた部屋を、クルトとアンの部屋兼工房とした。

食事は一階で提供。薬を作って、売れた場合、素材との差額の半分がクルトの給料になる、という計算で。

一日銀貨三枚程度の収入になっているらしい。ギルド職員の平均収入の倍以上となり、こんなにもらっていいのか、と不安になっているそうだ。

だが、「それだけのお金があれば、アンちゃんも学校に通えるしな」と俺が言ったら、アンちゃんのことを考えて、素直にお金を受け取る道を選んだ。

「クルトくんはよく働いてくれています。あと、勉強も頑張っています。この調子だと、数カ月以内には文字が読めるようになるんじゃないでしょうか？」

まぁ、この世界の文字は日本語と違って、漢字などはないからな。

三十の文字と十の数字を覚えたらいいだけだ。俺はルシルの翻訳魔法で強制的に覚えたが。

勿論、組み合わせによって読み方が変わるものがあるが、もともと普通に会話はできているんだから、あの真面目な性格のクルトなら、長い時間はかからないだろう。

クルトには、メイベル以外の従業員には、俺がこの店のオーナーであることを黙っておくように、そして、クルトを買ってからこの店に来るまでにあったこと、出会った人のことは誰にも話さないように頼んだ。

もう、クルトは俺の奴隷ではない。だから、頼むことにした。

クルトはそれを快く受け入れてくれた。

自分が俺の奴隷でなくなったとしても、俺がクルトの恩人であることも、そして師匠であることも、永遠に変わらないからと言ってくれて。

本当にいい弟子を持ったもんだ。

そのうち、あいつとアンちゃんのために、専用の工房付きの家を造ってやらないといけないな。

そう思えてくる。

そのためにも——この町は無事でなければならない。

《魔王の目的とは、迷宮の力をすべてその身に受け止めることです。なんのためかは私自身もわかりませんが》

迷宮を受け止める。

マユは実際、蒼の迷宮の三十五階層を己の身として受け止め、巨大な海、永遠にあふれない蒼の海を作り出した。三千年もかけて。

迷宮を受け入れるために、魔王は人間を迷宮へとおびき寄せたり、魔物と人、もしくは魔物同士、ときには人同士を戦わせたり、澱みを生み出させたりする。それが瘴気だ。

瘴気は、魔物を生み出す母体であると同時に、その迷宮が魔王の力に染まっているという証明になる。瘴気から生み出された魔物は魔王の力の一部、魔王の言うことを絶対に聞く。それが迷宮を喰うということだ。

そして、自分の迷宮を喰い尽くした魔王は、次はほかの魔王の迷宮を喰らい尽くし、最後に迷宮すべてを喰らい尽くそうとするらしい。

最後に、地上へと続く迷宮までも己のものとする。

途方もない、途轍もない、そしてとんでもない話だと思う。

そして、マユは言った。

ある魔王が、ラビスシティーを巻き込む戦争を起こそうとしている可能性があると。

戦争を起こすことで、地上に瘴気を生み出して取り込むために。

そんなことは絶対に阻止しないといけない。

絶対に、だ。

「とはいえ、俺にできることなんて限られているよな」

「なにか言いましたか？　コーマ様」

「いや、なんでもない」

俺はそう言いながら、まぁ責任をすべて背負い込むことなんてないと思い、アイテムバッグからアイテム図鑑を取り出して眺める。

三八九七七／八六二二三九二二八

そして、七十二財宝の三種類目をようやく手に入れた。

七十二財宝のひとつ、友好の指輪を持つマユが、俺の配下に加わったからだ。

戦いを好まないマユは、自分たちを受け入れてくれる魔王を探していたそうだ。

だが、まだまだ先は長いな。

「そういえば、コーマ様。クリスさんはどうしたんですか？」

「え？　あ、あぁ。さっき連絡したんだけどさ……」


「うぅ……ここどこですか……」

蒼の迷宮十八階層を私は彷徨っていました。

地図をコーマさんに預けたままだったので、戻る道がわかりません。

「ふぎゃぁぁぁぁっ！」

海の中から化け物魚が飛び出してきたので、私は剣で一刀両断しました。

ドロップアイテムとして新鮮な魚が落ちます。

幸い食料に困ることはありません。アイテムバッグの中に飲み水はたっぷりありますし。

それでも……本日三度目の下り階段発見に、私のイライラは限界でした。

「出口はどっちですかぁぁぁっ！」

私が地上に戻れたのは、それから三日後でした。

エピローグ

サイルマル王国玉座の間。

そこに兵士が無断で入ってきて、僕に言い放った。

「陛下！　ここはもう危険です！　抜け道から避難してください！」

彼は横腹に鉤爪で引っ掻かれたような傷があり、この出血量だともう助からないと思われる。

彼はそんな状態になっても、僕を助けるためにこの部屋に来て、僕に危険を知らせた。

そして、その〝危険〟は、玉座の間の扉を蹴破り、現れた。

ライオンのような金色の鬣《たてがみ》を持つ巨漢の男。

彼は武器ひとつ持たず、鎧も着ないで、その身ひとつで乗り込んできた。文字通り化け物だ。

「陛下、早くお逃げください！」

兵士は横腹の痛みに耐えながら剣を抜き、その大男に対して構える。

「ほう、その傷でまだ動けるのか！　おもしれぇ、遊んでやる」

巨漢の男がそう言った。

僕はため息をついて立ち上がり、兵士の後ろに歩いていく。

「陛下、早く――」

「うるさい」

僕の放った爆破魔法が兵士の頭を吹き飛ばす。

返り血や飛び散った肉片は、僕の前に張られた結界がすべて遮ってくれた。

首から上がなくなった兵士は、力なくそのまま前へと倒れた。

ついでに、破れた扉の代わりに僕の作った闇が入口を塞ぐ。

誰かに入ってこられたら面倒だからね。

そして、巨漢の男は上唇に付いた返り血を舐めて言った。

「おいおい、グリューエル。ひどいんじゃないか？　こいつはお前のために」

「その名前は、僕が魔法学園の理事長だったときの名前」

「ん？　あぁ、お前が生徒全員を生ける屍にした、あの魔法学園か」

リッチを生み出すための実験だったんだが、失敗した。

そのせいで、北の国が滅んだんだけど……なんていう名前の国だったのか思い出せない。

三百年も前のことだが、グリューエルの名前は学校の歴史の教科書にも残るほどだ。

「いまの僕の名前はサイルマル十二世だよ、ベリー」

「サイルマル……覚えるのがめんどくせー、どうせその名前もすぐに変わるんだから、グリューエルでいいだろ」

「ふたりきりのときは別にいいんだけどね。さすがは脳内まで筋肉の魔王だね」

僕がそう言うと、ベリーは褒められたと思って「そうだろそうだろ」と豪快に笑った。八十年ぶりに会うけれど、そういうところはまったく変わっていない。

筋肉魔王……獣の王であるベリーにとって、力は自分の象徴みたいなものだからな。僕とはどこまでいっても相容れない存在、だからこそこうして話ができるんだけど。

「グリューエルに話そうと思ってよ。俺様が大昔、海にいた魔王に放った一角鯨、覚えてるだろ?」

「蒼の迷宮の魔王と戦い、最後はメデューサの呪いで石化して封印されたんだよね」

「そいつが殺された」

「知ってるよ」

知っている。勇者クリスティーナとその従者、そして人魚である魔王マユ、人間たちの作戦により、一角鯨が滅んだ。

僕は直接見ていないが、おそらくはクリスティーナの従者、コーマ……ルシファーの力を持つあの少年の仕業だろう。

「なんだよ、知ってるのかよ。せっかく教えてやろうと思ったのに」

「ベリー。君はそんなことを知らせるために、僕の国の兵士を百三十人も殺してここまでやってきたのかい?」

「俺様が殺したのは百二十九人だ。百三十人目を殺したのはお前だろ」

「脳内筋肉なのに数は数えられるんだね」

「まぁな、凄いだろ!」

本当に凄いよ。皮肉がまったく通用していない。

それにしても、気になるのはベリーの肩の傷だ。

前に会った八十年前にはそんな傷はなかったはずだが。新しい傷のようだけど、人間の姿とはいえ、ベリーがこんな傷を負うなんて。

「あぁ、この傷か。コボルトにやられたんだよ」

「コボルトに……？　驚いた。ベリーも冗談を言えるようになったんだ」

「嘘じゃねぇよ！　魔人化したコボルトにな。まぁ、俺様も獣化してたらこんな傷は負わなかったがな。もともと俺様の部下だった奴なんだが、いつの間にあんなに強くなったんだ？」

　魔人化したコボルト……へぇ、面白いなぁ。

とはいえ、そのコボルトも人間の姿のベリーに大怪我を負わされたらしい。

その程度なら強敵というほどではないか。

「ゴブリン王ももうすぐ復活するそうだし、本当に面白いね。とはいえ、一角鯨のせいで、人間同士の戦争を起こすのは、少し先になりそうだけど」

「おいおい、一角鯨は悪くないだろ。あいつはただ、俺の命令に従って暴れただけだ」

僕は「ベリーのせいでこうなった」とほぼ直接的に言ってるんだけど、彼にはまったく通じていないようだ。

「ところで、ゴブリン王ってなんだ？」

「ベリーは知らなくていいよ。ところでどう？　お茶でも飲んでいく？」

「俺様はお茶より酒がいいな。ないのか、酒？」

「ああ、前国王が集めていたお酒ならあるよ。村ひとつ買えるくらいの値段のワインらしいけど、僕はお酒を飲まないからね」

「グリューエルはガキだからな」

「まぁね」

僕はそう言いながら、奥にある寝室へワインを取りにいこうとして——後ろで、死んだ兵士を、僕を守ろうとして僕に殺された兵士を食べているベリーを見て、嘆息を漏らした。

彼の口からは血がしたたり落ち、口の周りが血で染まっていた。もとから赤い絨毯をさらに赤く染める。

もう少ししたら黒く変色するだろう。

「食べるなら綺麗に食べてよね。掃除が大変だから」

掃除をするのは僕じゃないけどね。玉座の間の外で僕の身を案じているであろう国民たちの仕事が増えるだけだ。

「ああ、綺麗に食べるよ。魔王として食べて力を付けないとな」

「魔王として……ね」

「そうだろ。魔王は力を求め、そして迷宮を喰らわなければいけないんだからよ。そのためには胃を大きくしておかないとよぉ」

ベリーはそう言い、骨の髄までかぶりついた。

せめて、ワインを持ってくるまで待てないのかな。

ついでに僕もジュースを持ってこよう。

焦げた肉と新鮮な血の匂いがする部屋の中で飲むブドウジュースは格別だからね。


魔王城改築工事が進んでいた。マユが住むことになり、さすがに五人では手狭になったからだ。あと、マユの配下の魔物の一部もルシル迷宮に引っ越すことになったので、海水フロアを新たに作らなくてはいけない。そのあたりは、アイテムバッグのなかに大量の海水と海草を入れてきたから、なんとかなると思う。

一角鯨を討伐したその日、マユは俺の魔王軍の配下に加わりたいと申し出てくれた。

魔王のマユがいなくなったら蒼の迷宮はどうなるのか？　という疑問もあったが、考えてみれば俺もいつも地上に出ているが問題は起きていないし、別に迷宮に縛られているなんてことはないらしい。それでも定期的に蒼の迷宮に戻るそうだ。

そのための手段として、ルシルが作った持ち運び転移陣があるからな。

「マユ、本当によかったのか？　ぶっちゃけ、俺のところは魔王軍といってもこの通り、戦力もなにもあったもんじゃないぞ」

俺の質問に、彼女は笑顔で頷いた。

まぁ、本人がいいというのなら別にいいんだが。

【エピローグ】


改築といえば、クルトとアンちゃんの家も造らないといけないな。

本人たちは納得しているとはいえ、あの狭い部屋にずっと閉じ込めているわけにもいかない。クルトは俺のことを師匠、アンちゃんは俺の事を勇者のお兄ちゃんと慕ってくれる可愛い奴らだ。

まぁ、そのふたりを引き合わせたせいで、俺はアンちゃんのお兄ちゃんというポジションから外されそうになっているんだが。

（あぁ、可愛い妹が欲しいな）

と、建設中の家の壁に梯子を立てかけて上り、万能粘土で屋根を造っていく。梯子が少しぐらつくな。

「おおい、誰か梯子を押さえていてくれ」

「はい、お兄ちゃん」

「お、サンキュ！」

梯子を押さえてもらい、俺は作業を再開。

万能粘土を広げ、屋根を造っていく。これで大まかな形はできたし、少し内装にこだわってみるか……と思い、違和感を覚えた。

……お兄ちゃん？

可愛らしい声でお兄ちゃんと呼ばれた気がして、梯子から下を見下ろす。

するとそこに――女の子の姿をした、だが半透明の青いゼリーのような体のなにかがいた。

「……だ、誰だ？」

思わずそう尋ねると、女の子は笑顔でこう言った。

「スラ太郎だよ、お兄ちゃん」

「そうか、スラ太郎か。なるほどな」

俺は笑顔で頷くと、ゆっくりと梯子を下っていく。

そういえば、魔物強化薬を与えたスライムにそんな名前を付けたことがあったなぁ。

そして、地面の感触が足の裏に伝わると、改めて叫んだ。


「えぇぇぇぇぇぇっ⁉」


火神光磨、十六歳。

突然ですが、そんな俺に血の繋がっていないスライムの妹ができました。


（第二巻　了）

Special OMAKE

異世界でアイテムコレクター

"アイコレ2"キャラデザ大公開！

「異世界でアイテムコレクター 2」の登場人物を
冬馬来彩氏によるキャラデザ画でご紹介！

Illustration：冬馬来彩

エリエール

DATA

髪：茶髪の縦ロール
目：薄い青
外見年齢：コーマより少し年上
身長：164cm
特徴：「フリーマーケット」のライバル店「サフラン雑貨店」店主にして、実は勇者。

コメット

DATA

髪：茶髪の三つ編み
目：茶色
身長：140cm
特徴：コボルトのグーとコメットが
融合して新しい姿になった。
犬耳と猫髭を持つ少女。

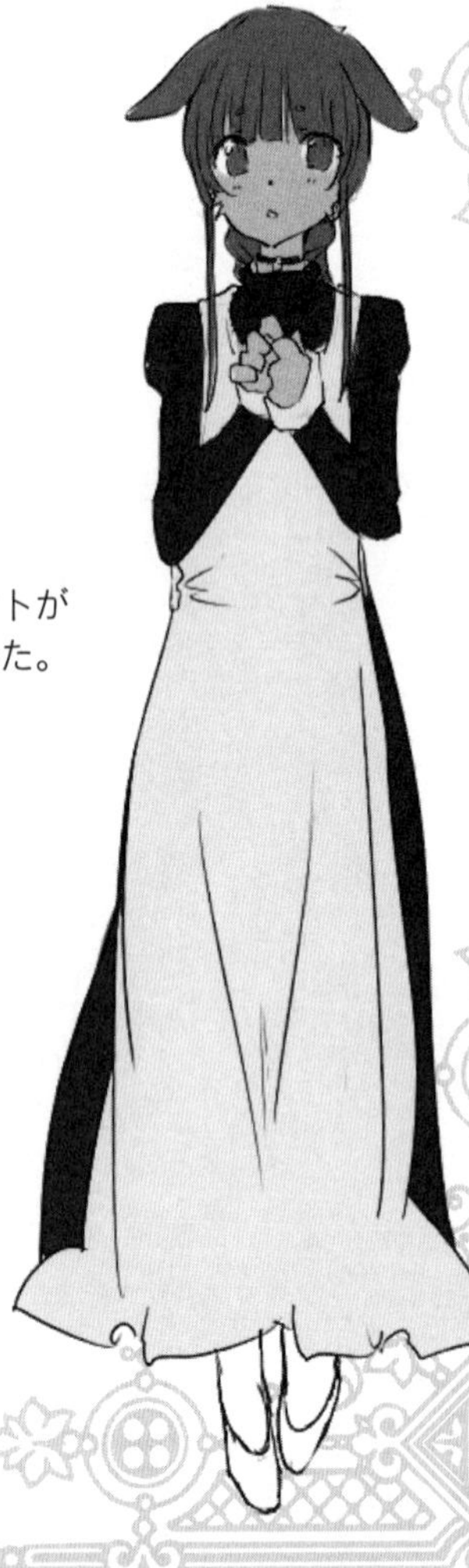

タラ

DATA

髪：紫色
目：茶色
身長：140cm
特徴：コボルトのタラとゴーリキが融合して新しい姿に。
犬耳と猫髭を持つ少年。
獣の頭骨を被っている。

クルト

DATA

髪：青い短髪
目：薄い青
年齢：12歳くらい
身長：145cmくらい
特徴：犯罪奴隷の少年。
　　　錬金術のスキルを持っている。

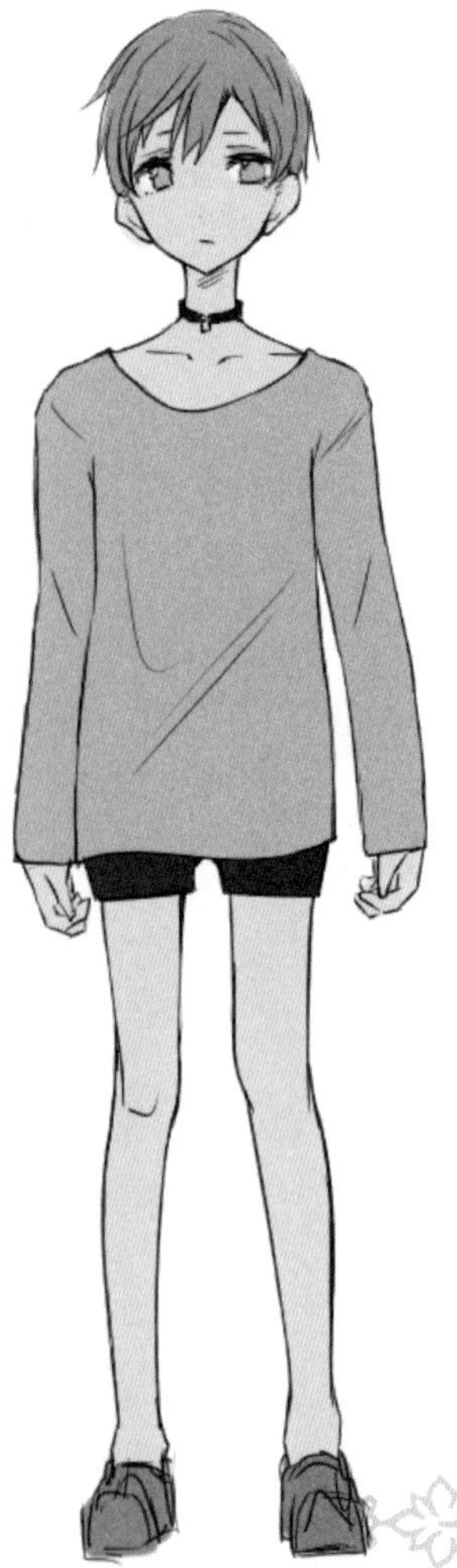

メアリ

DATA

髪：茶髪のセミロング
目：濃い茶色
年齢：23 歳
身長：163cm
特徴：右目に眼帯を着けた女海賊。
　　　腰に佩いている武器はシミター。

ランダ・ガエン

DATA

髪：茶色いロングヘア
目：茶色
年齢：14 歳
身長：145cm
特徴：フリード家の養女。
なにか事情を抱えて
いるらしいが……。

フリード・ガエン

DATA

髪：茶色
目：濃い茶色
年齢：57 歳
身長：180cm
特徴：蒼の迷宮の三十五階層に
ある島の領主。
恰幅がよく、
立派な髭の男。

マユ

DATA

髪：ロングの白髪
目：灰色
外見年齢：コーマと同じくらい
身長：150cm
特徴：フリードの屋敷に
閉じ込められている少女。
島の守り神と呼ばれる。

コーマ（竜化）

DATA

外見：翼が生え、全身が赤い鱗に
覆われている。

特徴：ルシルの封印を少し解除し、
魔王ルシファーの力を取り込む
ことで変身（竜化）したコーマ。

あとがき

あとがきは一ページです。短い！　本当は、『成長チートでなんでもできるようになったが、無職だけは辞められないようです』のように、ルシルとコーマの掛け合いをここでも書きたかった。まぁ、でも本編これ以上削れないし。って、もう三行使ってしまった。

『異世界でアイテムコレクター』第二巻をお買い上げいただき、ありがとうございました。

本編中に出てくる一角鯨は、イッカクというクジラをモデルとしています。イッカクの雄はその名の通り一本の角（本当は牙）を持っていて、中世ヨーロッパでは、その角をユニコーンの角として売っていたそうで、私の地元、東大阪市の石切劔箭神社の参道商店街のお店に飾られています。世界で二番目に大きなイッカクの角と書いてあるので、近くに行った人はぜひ見てください。

次は『成長チートでなんでもできるようになったが、無職だけは辞められないようです』の第二巻も発売されますので、そちらのあとがきではできればもう少し、いろいろと語りたいなと思います。私が通販詐欺に遭った話とか書きたいので。

最後に、私の我儘に付き合って素敵なイラストを描いてくださった冬馬さん、いつも締め切りギリギリになってしまって迷惑ばかりかけている編集さん、誤字脱字だらけで迷惑をかけている校正さん、ありがとうございました。第三巻でもお願いします。

それでは、またなにかのあとがきでお会いしましょう。

時野洋輔

異世界で
アイテムコレクター 3
時野洋輔
イラスト：冬馬来彩
蒼の迷宮での過酷な戦いも終わり、ルシルやクリスとの騒がしく楽しい日常が戻ってきた。コレクションに励むコーマだが、新たな難題が待ち受けて！? 「ネット小説大賞」受賞作、シリーズ第３弾！
第3巻は2017年 春 発売予定！
定価：本体1,200円+税

佐崎一路&まりもが贈るラブコメ&冒険ファンタジー
大陸の中央に広がる【闇の森】の端っこで、短い生涯を終えたブタクサ姫。ふと気付くと目の前にはひとりの魔女が。新しい命を得て、ついでに前世の記憶も取り戻した嫌われ者の少女の、新たな物語（とダイエットへの挑戦）が始まる!!
リビティウム皇国のブタクサ姫
リビティウム皇国のブタクサ姫3
佐崎一路
Illustration
まりも
リビティウム皇国のブタクサ姫1
リビティウム皇国のブタクサ姫2
①〜③巻
好評発売中！
著者：佐崎一路／イラスト：まりも／定価：本体（各）1,200円+税

異世界でアイテムコレクター 2

2017 年 1 月 3 日 初版発行

【著　　者】時野洋輔

【イラスト】冬馬来彩
【編集】株式会社 桜雲社／新紀元社編集部／堀 良江
【デザイン・DTP】株式会社明昌堂

【発行者】宮田一登志
【発行所】株式会社新紀元社
〒 101-0054　東京都千代田区神田錦町 1-7　錦町一丁目ビル 2F
TEL 03-3219-0921 ／ FAX 03-3219-0922
http://www.shinkigensha.co.jp/
郵便振替　00110-4-27618

【印刷・製本】株式会社リーブルテック

ISBN978-4-7753-1466-1

※本書は、「小説家になろう」（http://syosetu.com/）に掲載されていたものを、
改稿のうえ書籍化したものです。